Oscar Teuber

Feldmarschall Erzherzog Albrecht

Ein Lebensbild

Oscar Teuber

Feldmarschall Erzherzog Albrecht
Ein Lebensbild

ISBN/EAN: 9783743635944

Hergestellt in Europa, USA, Kanada, Australien, Japan

Cover: Foto ©Raphael Reischuk / pixelio.de

Weitere Bücher finden Sie auf **www.hansebooks.com**

Feldmarschall

Erzherzog Albrecht

Ein Lebensbild

von

Oscar Teuber.

Mit einem farbigen Porträt und drei Textbildern.

WIEN.

Verlag der „Minerva", illustrirte militär-wissenschaftliche Zeitschrift.
Herausgeber und Redacteur Franz Kreisel.
Commissions-Verlag von L. W. Seidel & Sohn, k. u. k. Hofbuchhändler.
1895.

Dem k. u. k. Heere

der

k. k. und der k. ung. Landwehr

gewidmet.

Vorwort.

Trauer erfüllt Österreich-Ungarns Heer.

Es hat seinen siegreichen Feldherrn, es hat einen liebenden und großmüthigen Vater verloren. Nie zu ersetzen ist dieser Verlust, kostbar aber ist auch das Vermächtnis des Dahingeschiedenen an die Armee. Sein glorreicher Name wird sich von Generation auf Generation vererben und fortwirken durch die stete, erhebende Erinnerung an eine Fülle herrlicher Soldatentugenden, an eine Summe erfolggekrönter Thaten. Seine Schöpfungen bleiben bestehen zum Heile des Vaterlandes. Prägen wir uns darum jenen großen, glorreichen Namen tief ein, hüten wir treu und nacheifernd sein Andenken!

Dieses Buch, entstanden unter der erschütternden Einwirkung des ausserordentlichen Verlustes, welchen Kaiser und Heer, die Monarchie und deren Völker erlitten haben, will in schlichter Skizze das Wirken unseres Erzherzog-Feldmarschalls festhalten. Wer vermöchte schon heute dem Andenken dieses großen Todten gerecht zu werden, wer vermöchte es, den reichen Inhalt dieses Heldenlebens heute in einer literarischen Darstellung zu erschöpfen? Dies bleibt der Zukunft vorbehalten.

Aber ein Wort, eine Gabe vom Herzen empfängt man gern und rasch, und so — nicht anders — will dieses Buch aufgefasst sein. Dem k. und k. Heere ist es in erster Linie geweiht; in dessen Reihen soll es verbreitet und gelesen werden in diesen Tagen der Trauer und in späteren Tagen der treuen Erinnerung. Der Armee bieten Autor und Verleger diese schlichte

Gabe; das k. und k. Reichs-Kriegsministerium hat sie angenommen und wird sie den Gliedern der großen Heeresfamilie mittheilen, denen sie vor allen gewidmet ist.

Darum prüfe man das Werkchen nicht auf Vollständigkeit und Güte. Wenn die Worte dieser schlichten Lebensskizze, welcher als ‚selbständiges Ganzes eine umfassendere Darstellung‘ des Siegestages von Custoza eingefügt ist, wirklich aus dem Herzen kommen, dann werden sie auch den rechten Weg finden zu jedes Soldaten, jedes Patrioten Herzen.

Wien, am 22. Februar 1895.

Der Verfasser.

Erzherzog Albrecht todt! Kaum fassen wir die volle Bedeutung dieser Worte unter ihrem unmittelbaren, erschütternden Eindrucke. Denn der glorreiche Spross aus Habsburgs Hause, der in seinem geliebten Arco das greise Haupt zur ewigen Ruhe legte, er war uns Allen gegenwärtig in seinem rastlosen und doch so stillen, die ganze Monarchie umfassenden Wirken; wir konnten nicht denken, dass auch ihm einst die Stunde der Ruhe schlagen, dass auch er einst aus seines Kaisers Dienste scheiden könnte, dem er Leib und Leben geweiht hatte bis zum letzten Athemzuge. Ja, so lange der mächtige Fels emporragt, den man Österreich-Ungarns Heer nennt, so lange wird man Albrecht von Österreich preisen, nicht bloß als lorbeerumkränzten Sieger in blutigen Schlachten, nicht bloß als Hort und Führer unseres Heeres, sondern auch als das leuchtende Vorbild jedes Kriegers, als das Ideal des wahren, pflichtgetreuen Soldaten, als den treuesten Hüter des ritterlichen, vornehmen Geistes in unserem Heere.

Aber man wird ihn auch preisen als das Ideal des selbstlosen, edlen Mannes, der keinen anderen, keinen höheren Ehrgeiz kannte, als die rastlose Übung seiner Pflicht, als die unbedingte Hingebung an seines Kaisers Dienst, der seines Charakters Größe und seines Herzens Güte nie vor aller Welt leuchten ließ, sondern der großen Menge verborgen blieb mit der ganzen Summe seiner Thaten und Verdienste.

Ja, dieser große Heerführer, dieser lorbeergekrönte Feldherr, dessen Namen eine Armee mit andachtsvoller Verehrung, Europa mit Hochachtung nennt und die Weltgeschichte niemals vergessen wird, er war nur ein stiller, selbstloser Arbeiter sein Leben lang, ein Feind der lärmenden, lobenden Öffentlichkeit, ein Laie in der so viel und so übel verstandenen Kunst, populär zu werden. Und wer nimmt sich die Mühe, das stille Schaffen eines fürstlichen Arbeiters zu ergründen, wem ist es vergönnt, die Stätten dieses Schaffens zu betreten?! Nur die Armee kannte ihn ganz, und weil sie ihn kannte, liebte sie ihn, weihte sie ihm ihr Herz und blickte verehrend und vertrauend zu ihm empor, zu ihrem schlachtenerprobten Führer, zu ihrem väterlichen Feldherrn. Sie liebte ihn, wie Österreichs Heer einst den unsterblichen, lorbeerbekränzten Vater Albrechts, den Generalissimus Erzherzog K a r l, geliebt hatte.

K a r l und A l b r e c h t von Ö s t e r r e i c h — zwei glänzende Heldenbilder in Österreich-Ungarns Ruhmesgeschichte! Eine Doppelerscheinung, wie sie selten wiederkehren dürfte in der Geschichte eines Heeres und eines Reiches. Den Genius des Vaters sehen wir walten über dem erlauchten Sohne, eine glanzvolle Fortsetzung des eigenen Heldenlebens schien dem großen Sprossen Habsburgs beschieden, der den Niebesiegten in den Staub gezwungen, Deutschlands und Österreichs Ehre wieder aufgerichtet hatte in Europas trübsten, blutigsten Tagen. Die Namen Karl und Albrecht gemahnen uns an glorreiche, unvergessliche Siegestage; sie gemahnen uns aber auch an die herrlichsten Tugenden des Feldherrn, welcher seine Aufgabe nicht erschöpft sieht mit den Triumphen der kriegerischen Entscheidung, sondern der Vater des Soldaten, der Erzieher der Heeresfamilie sein will. Beide, Vater und Sohn, bewundern wir nicht bloß als Führer auf den blutigen Pfaden des Kampfes; wir bewundern sie auch als Schätzer der geistigen und seelischen Kraft, welche in dem Einzelnen und in dem Ganzen ruht und gehoben werden muss, wenn sie siegreich wirken soll.

„Viele betrachten den Soldaten als eine bloße Maschine", so lesen wir in den kostbaren Aphorismen Karls. „folglich als vollkommen brauchbar, wenn er versteht, sich nach dem Commandowort zu bewegen und zu feuern. Doch sind die Bestandtheile der Kraft, welche den Sieg entscheidet, sowohl moralisch als physisch, und vor allem der Geist der Tapferkeit und des Gehorsams unentbehrlich, damit der Feldherr in jedem Momente auf die unfehlbare Mitwirkung seines ganzen Heeres zählen könne . . . ."

So sprach der große Philosoph, der klare Denker, der edle Menschenfreund Karl, und dieser Erkenntnis des moralischen

Moments dankte er nicht weniger Erfolge als dem Genie, mit dem ihn der Ewige begnadet hatte. Wir wissen, welch tiefe, herzerhebende Wirkung die flammenden Worte übten, die er zu den Völkern sprach, wenn er den Degen zu einer neuen That im Dienste der gerechten Sache zog. Ein berückender Zauber gieng von der Person dieses Heerführers aus, seit er — mit fünfundzwanzig Lebensjahren ein ganzer, ein gereifter Mann — an die Spitze heldenmüthiger, mit einem glücklichen Feinde beharrlich ringender Heere trat. Er war, was er selbst als das Ideal des Feldherrn bezeichnet hatte: ein kluger, erfahrener und zugleich entschlossener Mann, der edelste Stein in der Krone des Monarchen.

Ihm war der Krieg nie ein Handwerk, ihm war er Wissenschaft und Culturmission, eine gewaltige patriotische That. Nur diese Auffassung erhielt Österreichs Armee in einer Zeit der allgemeinen Auflösung, da Throne wankten, „für die Ewigkeit" gebaute Staaten in Trümmer sanken, da Eid und Treue überlebte Begriffe wurden, als festes Bollwerk des Rechtes aufrecht, das die größten Katastrophen nicht zu erschüttern und zu zerstören vermochten.

So war der Vater, so wurden die Söhne, die unter seiner zärtlichen und zielbewussten Führung zu Säulen unserer Wehrmacht emporwuchsen. Am 17. September des Jahres 1815, welches den Sieger von Aspern zum letztenmale im Kriegsdienste gesehen, schloss der lorbeergekrönte Feldherr seinen Herzensbund mit Prinzessin **Henriette** von **Nassau-Weilburg**, einer Fürstin, deren edler Charakter sich jenem ihres liebenden Gemals in seltener Harmonie einte. Vierzehn Jahre währte der Bund dieser Herzen; er hat dem großen Krieger all das Glück des Familienlebens gebracht, das er in den bewegten Jahren seines jungen Lebens entbehren musste. Lange genug hatte er dem Wohle des Staates gelebt; nun lebte er seiner Familie und der nie rastenden Arbeit seines Geistes. Sieben Kinder entsprossen dem vom Himmel gesegneten Ehebunde, und ihr kostbarstes Erbe waren die Tugenden ihrer erlauchten Eltern. Mit stolzer Freude hat Erzherzog Karl es noch erlebt, dass einer seiner Söhne, der kühne, thatendurstige Seeheld Erzherzog **Friedrich**, sich dasselbe glänzende Zeichen österreichischer Tapferkeit erwarb, dessen Großkreuz im Jahre 1793 dem kaum 22jährigen Sieger von Aldenhoven und Neerwinden an die Brust geheftet worden war. Friedrich war es, der am 26. September 1840 auf dem eroberten Bergcastell der syrischen Festung Saïda das Banner Österreichs aufpflanzte; er war es, der am 4. November 1840 durch die denkwürdige Überrumpelung des noch stärkeren Saint Jean d'Acre seines Vaters' Namenstag würdig begieng.

Wenige Monate nach dem Hinscheiden seines theueren Vaters (30. April 1847) — schon am 5. October 1847 — erlag Erzherzog Friedrich, damals bereits Viceadmiral und Marine-Obercommandant, die stolze Hoffnung unserer Flotte, einer schmerzvollen Krankheit. Ein Jahr später aber begann die glanzvolle Carrière seines älteren Bruders, des Erzherzogs Albrecht von Österreich, den der erlauchte Vater mit freudiger Hoffnung zum echten Krieger und Führer heranreiten sah. Welche Herzenswonne hätte es ihm bereitet, ihn auf den Blutfeldern Italiens den ersten Lorbeer erringen zu sehen!

Die Jugend.

Am 3. August 1817 hatte Albrecht Friedrich Rudolf Dominik in Wien das Licht der Welt erblickt. Die Augen der fürsorglichsten, zärtlichsten Eltern ruhten auf ihm; ihm galt zunächst die Pflege der mit allen Frauentugenden geschmückten Mutter, in sein empfängliches Herz pflanzte der edle Vater die ernsten, reinen Grundsätze, auf denen er das mächtige Gebäude seines Lebens aufgeführt hatte. Was war natürlicher, als dass die Bewunderung des Vaters, das erhabene Beispiel desselben, die Lecture seiner mit ehernem Griffel in die Bücher der Weltgeschichte eingetragenen Thaten den Knaben zur Nachahmung begeisterte, frühzeitig zum Waffendienste unter den ruhmvollen Fahnen Habsburgs drängte?

Im Jahre 1830 schon hatte ihn nach damaligem Brauche sein kaiserlicher Oheim zum Oberstinhaber des Linien-Infanterieregimentes Nr. 44 früher „Bellegarde" — ernannt, das seine Mannschaft aus Mailand und dem Herzen der Lombardei ergänzte. 65 Jahre trägt das (nunmehr ungarische) Regiment den Namen des durchlauchtigsten Prinzen, welcher dem ganzen Heere theuer geworden ist; stolz war es darauf, dass der Waffenrock des 44. Regimentes das erste Ehrenkleid des Kriegers war, das der

Sieger von Custoza getragen. Ein dreizehnjähriger Knabe erst
war der neue Oberst, aber mit ganzem Herzen gehörte er bereits
dem Heere, und mit unermüdlichem Eifer bereitete er sich auf
den ersehnten Augenblick vor, da es ihm beschieden sein würde,
diese Zugehörigkeit durch die That zu erweisen. So rasch wie
sein erlauchter Vater machte Erzherzog Albrecht nicht „Carrière".
Die Zeit, welche Carls Kriegsruhm gebar, sie war eben eine
Zeit märchenhafter Soldaten-Carrièren gewesen. Die französischen
Revolutionsgenerale, denen der jugendliche Carl entgegentrat,
wetteiferten mit ihm, dem Kaisersohne, an Jugendlichkeit und
Temperament im Avancieren. Albrechts Jugend fiel in eine
Zeit des Friedens; nicht mit der frischen glänzenden That des
Krieges, nein, mit der ernsten mühevollen Schularbeit des Friedens
musste er seine Soldatenlaufbahn beginnen. Und Niemand hat es
ernster mit dieser Arbeit genommen als er.

Oberst im 13. Infanterie-Regiment.

Mit hellem Jubel begrüßte am 15. Dezember 1836 das
Infт.-Regt. Baron Wimpffen Nr. 13 — heute Jung-Starhemberg —
die Eintheilung des Erzherzogs als Oberst und Commandant des
1. Bataillons zur activen Dienstleistung in seine Reihen. Am 19.
Mai 1837 traf der kaum 20 jährige Erzherzog in Graz ein, und
wenige Tage später übernahm er sein Commando. „Der Herr
Erzherzog", sagt in schlichten Worten des Preises die (1893 von
Hauptmann Friedrich Mandel verfasste) Regimentsgeschichte, „gab
durch rastlosen Diensteseifer, strengste Pünktlichkeit und Gewissenhaftigkeit in Erfüllung seiner Berufspflichten allen Angehörigen des Regiments ein erhebendes Beispiel. Als Höchstderselbe gelegentlich einer Compagnie-Übung im Juni 1837 sich
einen durch Erkältung und aufopfernde Thätigkeit verursachten,
mehrere Tage dauernden Fieberanfall zugezogen hatte, konnte
sich Se. kais. Hoheit, des persönlichen Leidens vergessend, über
die durch Krankheit dem Dienste entzogene Zeit schwer be-
ruhigen." Im September erschien Erzherzog Karl selbst in Graz;
vor seines glorreichen Vaters streng prüfendem Soldaten-Auge
commandierte Erzherzog Albrecht zuerst sein Bataillon, dann das
ganze Regiment, endlich, nach einem Entwurfe des großen Carl,
mit Zutheilung einer Batterie ein Manöver, und mit dem Gefühle

des gerechten und freudigen Vaterstolzes erkannte der Sieger von Aspern die vorzüglichen Leistungen seines würdigen Sohnes und des ganzen Regimentes an.

„Es ist dies ein Markstein in der Geschichte des Regiments," bemerkt wieder dessen Historiograph, „da der berühmteste Feldherr Österreichs seinen Sohn im Regimente in der Kunst der Truppenführung einweiht, jener Kunst, in welcher der würdige Sohn eines großen Vaters sich nachmals als Meister bewährte. Es soll nach Generationen noch jedes Mitglied des Regiments der Gedanke erheben und mit stolzem Bewusstsein erfüllen, dass Erzherzog Albrecht einstmals als Oberst im Regimente die Erziehung der Officiere, Chargen u. Mannschaft im Sinne seines unsterblichen Vaters leitete . . . " Nach seinem eigenen Entwurfe machte das 13. Regiment in der Concentrierung bei Pettau eines der größeren Manöver mit, und bei dem Marsche war es der 20jährige Erzherzog-Oberst, welcher durch Einwirkung auf Mannszucht und Disciplin, während des Cantonierens und Lagerns durch Fürsorge für die Mannschaft, beim Manöver durch Scharfblick, ruhige Beurtheilung der Sachlage, Energie in der Durchführung des Entschlusses in jeder Hinsicht ersprießlich wirkte und die Hochschätzung auch der Veteranen des Regiments erwarb.

Vier Tage hindurch war abermals Erzherzog Karl Zeuge solcher, sein Vaterherz erfreuender Leistungen. Als im Jänner 1836 Erzherzog Albrecht zum Besuche seines erkrankten Bruders Erzherzog Friedrich, in Venedig weilte, richtete er an den Regiments-Commandanten Oberst Rut, einen Brief, welcher sein warmes Interesse für jede Angelegenheit des Dienstes bekundete. Der Inhaber, FZM. Baron Wimpffen, selbst ein Stratege von Rang und Namen, sprach sich in einem besonderen Inhaber-Erlasse mit wahrhaft prophetischem Geiste über jenes Schreiben aus:

„Das mir mittels Bericht vom 21. Jänner Nr. 210 gefälligst mitgetheilte Schreiben Sr. kais. Hoheit des Herrn Erzherzog Albrecht", sagt dieser Erlass, „ist ein merkwürdiges Denkmal des Wertes, den dieser Prinz auch auf die kleinsten Dienstes-Details legt, und des edlen Antheiles, mit welchem Er in die verschiedenen Verhältnisse einzelner Officiere eindringt. Soll man den Worten Friedrichs des Großen glauben, der in seinem Kriegsgedichte sagt: „Ne méprisez pas ces détails, ils ne sont pas sans gloire, c'est le premier pas, qui mène à la victoire!" so bewähren die Eigenschaften des Erzherzogs Albrecht den künftigen Siegeshelden. Das Gepräge der herablassenden Freundschaft, mit welchem dessen Schreiben bezeichnet ist, werden Ew. Hochwohlgeboren gewiss im höchsten Grade zu würdigen wissen."

Wien, 25. Jänner 1838.

Wimpffen, m. p., FZM.

Über Wunsch seines erlauchten Vaters und mit Genehmigung des Grazer Generalcommandos übernahm der Erzherzog am 6. Mai 1838 das Commando des Regimentes in militärischer Beziehung und führte es bis 3. März 1839. In kurzer, ergreifender Rede nahm er dann Abschied von seinen in Parade ausgerückten Soldaten, gab durch den Besuch der Grabstätte eines kurz vorher verschiedenen Lieutenants (Karl Lang) einen erneuten Beweis seiner Herzensgüte und seiner die Cameradschaft im edelsten Sinne erfassenden Gesinnung und sagte in einer dem gesammten Officierscorps gewährten Abschiedsaudienz jedem Einzelnen ein herzliches Lebewohl.

* * *

Um den praktischen Dienst in der zweiten Waffe des Heeres, der Reiterwaffe, zu erlernen, trat Erzherzog Albrecht 1839 in den Verband des Kürassier-Regimentes Baron Mengen Nr. 4, eines der berühmtesten Reiter-Regimenter der Armee, das 1848 den Namen „Kaiser Ferdinand" erhielt und später seinen ruhmreichen Oberst als Inhaber an der Spitze seiner Officiers-Rangliste führen durfte. Hier, in den ungarischen Stationen des schönen und tapferen Regimentes, erlernte er den wahren Reiterdienst, und nichts entgieng dem für seinen Beruf begeisterten Erzherzoge, was sein Wissen mehren, seine Erfahrung bereichern konnte. 1840 zum Generalmajor befördert, übernahm er ein Brigade-Commando in Graz. Besondere Freude und Erhebung aber bereitete ihm seine Commandierung zu den Concentrations-Manövern der sogenannten „italienischen Armee", welche unter Radetzkys genialer Leitung in ganz Europa als hohe Schule des Krieges bekannt und gerühmt waren. Es entsprach einem besonderen Herzenswunsche seines erzherzoglichen Vaters, dass auch Albrecht in dieser ausgezeichneten Schule erfahren lerne, wie man den Krieg zweckmäßig und weise im Friedensdienste vorbereite, und in einem besonders huldvollen Handschreiben empfahl Erzherzog Karl dem greisen Marschall den erlauchten Sohn. Erzherzog Albrecht wurde einer der eifrigsten Schüler des großen Schlachtenmeisters. Als hätte er eine Vorahnung von den Ereignissen der Zukunft, welche ihm eine so hervorragende und glanzvolle Rolle auf den Kampfesfeldern Italiens zutheilen sollten, studierte er schon damals mit gründlicher Aufmerksamkeit das Terrain, auf welchem Radetzky seine Soldaten heimisch machte; nie fühlte er sich „außer Dienst", jede Promenade wurde ihm zu einer Quelle der Selbstbelehrung.

Ein Ehe- und Herzens-Bund.

In jene Jahre der militärischen Entfaltung fiel auch das beglückendste Ereignis in unseres Erzherzogs Leben: sein Herzensbund mit Prinzessin Hildegard von Baiern, der anmuthvollen, engelsmilden Tochter des Baiernkönigs Ludwig I., der geliebten Schwester des gegenwärtigen Prinz-Regenten Luitpold. Es war ein Bund, geschlossen in reiner, glühender Liebe. Das sagen am klarsten die Briefe aus jener Zeit, welche der Geheime Haus- und Staatsarchivar des Königreichs Baiern, Dr. Ludwig Ritter von Trost, erst in allerjüngster Zeit (im „Fremden-Blatt") der Öffentlichkeit übergeben hat. Wie herzlich, wie prophetisch spricht im August 1843 König Ludwig in einem Briefe an seinen Sohn Otto, König von Griechenland, von seinem künftigen Schwiegersohn! „Deine Schwester Hildegard ist verliebt in ihren in sie verliebten Bräutigam Erzherzog Albrecht, der recht brav ist. Eine glückliche Ehe (am 1. Mai 1844 wird sie in München eingesegnet) verspricht zu werden . . . ." Und in weiteren Briefen heißt es: „Seit dem 3. Jänner befindet sich Erzherzog Albrecht, der ein tüchtiger Jüngling ist, hier. Eine Freude, ihn mit Hilda beisammen zu sehen! . . . . Es wird ein thränenreicher Abschied von Hilda werden, denn Beide lieben einander zärtlich, innig. Er ist aber auch recht gediegen. Je mehr Albrecht gekannt wird, desto mehr gewinnt er . . ."

Und wie schön, wie erhebend kündet Albrecht seinem königlichen Schwager Otto diesen Herzensbund an! . . „Möge es mir gelingen, meine geliebte Braut so glücklich zu machen, wie es nur immer denkbar ist! Denn gewiss verdient sie das beste Los auf Erden und macht mich schon jetzt überaus glücklich durch das Vertrauen und die frohe Zuversicht, mit der sie der Zukunft entgegensieht, durch die Tugenden des Geistes und des Herzens, deren man bei näherer Bekanntschaft täglich neue entdeckt, und durch das tiefe und reiche Gemüth, das sich so schön entfaltet! Möge sie sich künftighin recht glücklich fühlen und in dem Kreise der Kaiserfamilie einigen Ersatz für die Trennung von Eltern und Geschwistern finden!" In glückerfüllten Briefen gibt der Erzherzog während dieser musterhaften Ehe seinem Schwager Kunde von jedem freudigen Ereignisse, das sein Herz bewegt, von der Ankunft der Kinder, die dieses Herz erfreut. Schwere Heimsuchungen und Prüfungen waren dem Erzherzog in diesem Familienleben beschieden; vielzufrühe — am 2. April 1864 — wurde ihm die theuere Gattin entrissen, den einzigen Sohn Carl Albert (geboren 3. Jänner 1847) sah er in zartester Kindheit (am 19. Juli 1848) wieder dahinscheiden, eine blühende Tochter, Erzherzogin Mathilde (geb. 25. Jänner 1849) erlag am 6. Juni 1867 den Wunden, die sie sich bei einem Brand-Unfalle zugezogen hatte — mit blühenden, hoffnungsreichen Enkeln aber hat ihn seine älteste Tochter Maria Theresia, geb. 15. Juli 1845, vermält mit Philipp Prinzen von Württemberg, beschenkt, und ein zweiter, zärtlicher Vater war er stets den Kindern seines jüngeren, am 20. November 1874 verschiedenen Bruders Carl Ferdinand aus dessen glücklicher Ehe mit Erzherzogin Elisabeth.

Eine edle Tochter aus dieser Ehe trägt Spaniens Königskrone und hat den Spaniern einen König, Alphonso XIII., geschenkt; Erzherzog Friedrich wandelt, an rastloser, hingebender Pflichterfüllung dem großen Oheim gleich, die militärische Laufbahn und zählt heute als commandirender General und Corpscommandant zu Pressburg zu unseren berufenen Führern; Erzherzog Eugen hat ebenfalls den Kriegsdienst mit leuchtendem Eifer erwählt, er ist Generalmajor und Brigadier zu Olmütz und seinem erlauchten Oheim, Erzherzog Wilhelm, in der Würde des Hoch- und Deutschmeisters nachgefolgt. Erzherzog Carl Stephan aber eifert als Contreadmiral, als Seemann seinem verewigten Oheim, Admiral Erzherzog Friedrich, in begeisterter Hingebung an den Dienst in Österreich-Ungarns Kriegsmarine nach. Von den Enkelkindern des Erzherzog-Feldmarschalls sehen wir den Prinzen Albrecht im innigen Herzensbunde mit einer anmuthreichen Tochter Habsburgs, Erzherzogin Margarethe Sophie, Prinzessin Isabella mit einem Sohne Sachsens, Prinzen Johann Georg, vermält. Das Glück dieser Kinder erhellte den umdüsterten Himmel des eigenen Familienglücks; von zärtlicher Liebe blieb Albrecht von Österreich umgeben bis an sein seliges Ende . . .

Commandierender General in Wien.

Nie rastete Erzherzog A l b r e c h t in der Arbeit seines Berufs, ob heller Sonnenschein sein Heim erwärmte, ob auch das Unglück seinen Einzug hielt in diese geheiligte Stätte. In denselben Jahren, da er seinen Herzensbund mit H i l d e g a r d i s, dem „Engelsherz" einging, lastete er neue, bedeutsame Soldatenpflichten auf seine Schultern.

Im Jahre 1843 weilte Erzherzog Albrecht im Lüneburger Concentrierungs-Lager der aus Contingenten der nördlichen Staaten zusammengesetzten deutschen Bundestruppen, und nach seiner Rückkunft sah er sich als Feldmarschall-Lieutenant und Adlatus des commandierenden Generals in Mähren und Schlesien bereits in eine Sphäre versetzt, welche ihm einen tieferen Einfluss auf die Erziehung der Truppen gestattete. Noch weiter und verantwortungsvoller wurde sein Wirkungskreis, als er 1844 den Posten eines commandierenden Generals für Ober- und Niederösterreich und Salzburg übernahm. Unter den Augen des Monarchen und der höchsten militärischen Behörden konnte er hier jene emsige und gedeihliche Thätigkeit entfalten, in welcher er niemals mehr innegehalten hat bis zum heutigen Tage; damals begann jene rastlose Arbeit für die geistige und militärische Erhebung des österreichischen Heeres, welche den Erzherzog den größten Lehrmeistern und Wohlthätern der k. und k. Armee anreiht. Was er unter Radetzky gelernt, das setzte er in seinem Wiener Generalate in fruchtbringende Thaten um. Die Manöver waren ihm nicht künstliche Arrangements effectvoller Kriegsbilder, sondern wahre Übungen, die Erprobung kriegswissenschaftlicher Theorien auf dem grünen Boden der Praxis, die letzte und bedeutendste Stufe der Ausbildung für Truppen und Führer. Wie sein erlauchter Vater, so nahm auch Erzherzog Albrecht zur rechten Zeit die Feder zur Hand, um als belehrender Schriftsteller zum Wohle der Armee zu wirken. So schrieb er seine „Anweisung über den Betrieb des Felddienstes", welche als mustergiltige Arbeit, knapp und klar, zutreffend in jedem Satze, gewandt in der Form und wohlerwogen im Geiste, noch heute mit Andacht und hohem Nutzen gelesen werden kann.

Bald hatte sich der junge Commandierende nicht bloß durch den Glanz seines erlauchten Namens, durch den Rang als Prinz des Kaiserhauses, sondern noch mehr durch seine eigene persönliche Tüchtigkeit, durch die Offenbarung seines edlen Wollens und Wirkens die Achtung der Armee erworben. Man erkannte, wie ernst er es mit seinem Commando nahm; galt sein fürsorglicher Blick doch nicht bloß der militärischen Ausbildung, sondern auch dem materiellen Wohle der seinem Commando anvertrauten Truppen! Das Verpflegs- und Sanitätswesen fesselte seine Aufmerksamkeit, das Wohl des Veteranen wie des jungen Soldaten lag dem Commandierenden ebenso am Herzen, wie das Gedeihen der Masse. Schon damals verschloss der Erzherzog sein Ohr und seine Börse niemals der gerechten Bitte eines Armen und Unglücklichen; schon damals hatte er ein offenes und theilnehmendes Auge für menschliches Leid, für menschlichen Kummer. Sein Herz schlug lebhaft für seine Waffenbrüder, das Los ihrer Witwen und Waisen regte ihn schon in seiner militärischen Jugend zu hilfreichem Einschreiten an. So wusste der Soldat, dass er in diesem Prinzen nicht bloß einen tüchtigen und entschlossenen Commandanten, sondern auch einen edlen Vater habe, und niemand ist dankbarer als der schlichte Sohn der großen Heeresfamilie.

Umso schmerzlicher empfand man es im Wiener Generalat, als die Stürme des Jahres 1848 das innige Band lösten, welches den erlauchten Führer mit seinen Soldaten verknüpft hatte. Erzherzog Albrecht stand den Ereignissen jenes bewegten Jahres als kaisertreuer, in der Übung seiner Pflicht unerschütterlicher General gegenüber. Die politischen Wirren und Verirrungen erfüllten ihn, den begeisterten österreichischen Patrioten, den geraden kaiserlichen Soldaten mit tiefer Betrübnis; die März-Ereignisse veranlassten ihn, um seine Enthebung von dem Wiener General-Commando anzusuchen, und eine zeitlang entbehrte die Armee eines Mannes, der gerade dazu berufen schien, ihr in jenen

Tagen des Chaos Richtung und Ziel zu weisen. Allerdings waren Befehlshaber von dieser Klarheit und Entschiedenheit des Wollens durchaus nicht nach dem Geschmacke jener, welche an der Lockerung der Heeresdisciplin ebenso arbeiteten wie an der Beunruhigung des Volkes.

Man verbreitete damals die widersinnigsten Gerüchte über die angebliche Volksfeindlichkeit eines Heerführers, dessen ganzes Leben von Liebe und Güte gegen seine Mitmenschen durchglüht war. Nur die verhängnisvolle Schwäche jener, welche in kritischen Momenten die staatliche Autorität schädigten, erkannte und verdammte der Erzherzog — er war aber sofort bereit, sein Commando zum Opfer zu bringen, wenn damit einer Verständigung gedient sein sollte. Schmerzbewegt nahm er Abschied von seinen Soldaten: „Obgleich nunmehr dem dienstlichen Wirken dieser vortrefflichen Truppen entfernter stehend, werde ich ihnen immer die wärmste Anerkennung ihrer militärischen Tugenden bewahren und mich durch die Hoffnung trösten, dass ihnen unter dem kaiserlichen Heere in der Zukunft noch glänzende Erfolge auf der Bahn des Ruhmes und der Ehre vorbehalten sind, auf welcher wir uns vereinigt wiederfinden werden."

Santa Lucia.

Bald sollten diese Hoffnungen erfüllt werden, bald sollte der Erzherzog dem österreichischen Volke künden, dass er würdig sei des ruhmreichen Vaters, den er trauernd hatte eingehen sehen in die Gruft seiner Väter. Der Geist der Empörung flammte hellauf in den italienischen Provinzen der Monarchie, und Piemont erhob die „spada d'Italia", das „Schwert Italiens", zur Unterstützung der Volks-Erhebung auf dem lombardo-venetianischen Boden. Mit schwachen Bataillonen stand Feldmarschall Graf Radetzky dem Ansturm von innen und außen gegenüber; im brennenden Hause hatte er den Angriff eines wohlgerüsteten Feindes abzuwehren. Und dennoch hielt er das Banner des Kaiseraars hoch in italienischen Landen. Aus dem „brennenden Hause" führte er seine Soldaten nach heldenmüthigem Kampfe in das feste und sichere Verona; dort sammelte er alle Kraft zum großen entscheidenden Schlage.

Und in dieses Heereslager, in welchem wahrhaftig Österreich war, eilte damals mit anderen begeisterten Prinzen des Kaiserhauses Erzherzog Albrecht, um in offenem, ehrlichen Kampfe für seines Vaterlandes Ehre und Ruhm einzutreten. Ohne Commando, als einfacher Freiwilliger, kam er in das Hauptquartier des alten Schlachtenmeisters; unter dessen Augen, unter dessen Leitung wollte er kämpfen, seinen Soldatengeist, seine Kraft und sein Können in einem für das Vaterland bedeutsamen Feldzuge zu bewähren. Radetzky war nicht eben erfreut über die schwere Verantwortung, welche ihm aus der Anwesenheit der kaiserlichen Prinzen in seinen Hauptquatieren erwuchs; bald aber fühlte er sich zu lebhafter Bewunderung hingerissen durch das glänzende Beispiel und die hervorragenden Soldatentugenden, welche sie — in erster Linie der künftige Träger der Krone und die Erzherzoge Albrecht und Wilhelm — auf dem Gefechtsfelde bewährten. Schon bei Santa Lucia sah man Albrecht auf dem von piemontesischen Kugeln aufgewühlten Boden dahinsprengen, die Soldaten durch die Aufopferung seiner Person zu muthvollem Ausharren begeisternd. Schollen des Erdreichs, in das sich die Geschützkugeln einwühlten, wurden emporgeschleudert auf den Prinzen — er wankte nicht. „Heldensöhne unsers Herrscherstammes", sagt rühmend die amtliche Feldzugsgeschichte von den Sprossen des großen Karl, „waren sie überall zu sehen, wo Gefahr drohte, theilten sie mit dem Soldaten Mühen und Entbehrungen und entflammten ihn durch ihre belebende Gegenwart."

Es war ein heißer Tag, der 6. Mai 1848. Seit 7 Uhr früh schlugen sich die Zehner-Jäger unter Kopals Führung mit Löwenmuth auf dem Friedhofe des Ortes gegen eine Armee, und Ströme von Blut flossen auf der geweihten Erde jener Stätte des Friedens. Die Jäger haben das Unmögliche gethan; sie haben Einer gegen Zehn gefochten, an den morschen Mauern dieses Friedhofs sind Bataillone und Regimenter zerschellt. Endlich aber muss sich Kopals schwache Schar losreißen von der mit heroischer Aufopferung behaupteten Todtenstadt. Eine Weile stockt der Kampf; dann holen unsere Truppen zum Gegenschlage aus. Dem Orte Santa Lucia gilt ihr Angriff. Der erste Sturm scheitert unter dem verheerenden Feuer des übermächtigen Feindes; beim zweiten fällt Oberstlieutenant Baron Leuzendorf an der Spitze der ihrem Fahneneide treuen Italiener von Geppert-Infanterie (Nr. 43); Generalmajor Baron Salis sinkt an der Spitze seiner Brigade schwerverwundet vom Rosse, einer

Erzherzog Albrecht begrüßt bei Santa Lucia den schwerverwundeten GM. Baron Salis.

seiner Soldaten führt den wankenden, blutenden Helden an dem Corpscommandanten und dessen Suite vorbei. Erzherzog Albrecht neigt sich vom Pferde herab und begrüßt den sterbenden General mit herzlichen, von Mitleid und Bewunderung erfüllten Worten.*) Aber der Erzherzog sah auch den Triumph unserer Waffen; er war Zeuge dieser ersten Wunderthat des Radetzky'schen Heeres auf Italiens historischem Boden. Und der Corps-Commandant FML. Graf Wratislaw, dem sich der Erzherzog in dem blutigen Kampfe bei Santa Lucia angeschlossen hatte, berichtet in ehrlicher Bewunderung: „Obschon ich allen bei diesem Gefechte betheiligten Truppen und Individuen bezüglich ihres Muthes, ihrer Ausdauer und Kaltblütigkeit das ehrenvollste Zeugnis geben muss, so kann ich doch nicht umhin, der kaltblütigen Unerschrockenheit Sr. kais. Hoheit des Erzherzogs Albrecht, welcher die ganze Zeit bei mir sich aufhielt, volle Anerkennung zu zollen und sie hervorzuheben. Den gegenwärtigen Krieg als Volontär mitmachend, hat Er in dem ersten Gefechte, welchem Er beiwohnte, durch seine deutlich zu erkennende Gemüthsruhe mitten im Kugelregen gezeigt, dass das **Heldenblut Seines für die Armee unvergesslichen erlauchten Vaters in Seinen Adern fließt.**"

Die Armee blickte voll freudiger Bewunderung zu ihm empor, und die Hoffnung, dass der Degen dieses tapferen Prinzen noch einst Großes verrichten werde für Österreichs Ehre und Größe, erfüllte manche Soldatenbrust. Auch der greise Feldmarschall kargte nicht mit den in seiner Feder besonders wertvollen Worten des Lobes für den erlauchten Jünger, welcher in diesem ganzen Feldzuge „nicht allein durch persönlichen Muth, das Erbtheil seines Hauses, sondern auch durch Aufmunterung seiner Untergebenen, durch seinen militärischen Scharfblick, seine glänzende Begabung für den militärischen Beruf bewiesen habe."

Mortara.

Die „spada d'Italia" war bezwungen, die Lombardei dem Kaiser zurückgewonnen. Radetzky hatte der Welt bewiesen, dass die Kraft Österreichs noch nicht gebrochen sei durch die ver-

*) Unser Bild hält diese denkwürdige Scene und ihre historischen Theilnehmer fest in der lebendigen Erinnerung des Volkes.

heerenden Stürme, die es erschüttert hatten. Als aber Carl Albert, Piemonts übelberathener Herrscher, im März des Jahres 1849 zum neuen Schlage gegen unser Reich ausholte, zogen Radetzky's Schaaren kampfesfroh und siegessicher über den Ticino. Nicht mehr als einfacher Volontär war diesmal Albrecht von Österreich in ihren Reihen. Sein gründliches, alle Gebiete des Kriegswesens umfassendes Wissen, sein scharfer Blick und sein sichertreffendes Urtheil ließ ihn dem Helden-Marschall als einen berufenen Führer im Kampfe erscheinen, und zur Ehre rechnete es sich der Erzherzog, der doch schon als commandierender General gewirkt hatte, als er im December 1848 zum Commandanten der I. Truppen-Division des II. Corps (d'Aspre) ernannt wurde.

Mit wahrem kriegerischen Hochgefühl sah Albrecht seine Division zur Vorhut des Corps erkoren, welches an der Spitze der Armee in des Feindes Land marschierte. Schon bei dem forcierten Ticino-Übergange bei Pavia bekundet er seine sieghafte Energie, am Gravellone leuchtet begeisternd sein hoher persönlicher Muth, bei Mortara aber (21. März 1849) ist es ihm beschieden, mit den Helden seiner Division im Kampfe gegen eine Übermacht von mehr als 16.000 Mann nie welkende Lorbeeren zu erringen. Der Corps-Commandant FZM. d'Aspre hatte die allgemeinen Dispositionen zum Angriffe auf die Stadt erlassen in welcher sich die Divisionen Durando und Savoyen vereinigt hatten. In der sechsten Abendstunde, bei anbrechender Dämmerung, in dichten Staubwolken, welche aus dem sandigen Boden emporwirbelten, rückten die vier Sturmcolonnen der Division unter ihrem erlauchten Führer vor; der Ausblick und Rundblick war gehemmt, die Colonnen verloren die Fühlung untereinander, und das war um so bedenklicher, als der verwegene Oberst Benedek mit einem Theile des Infanterie-Regiments Gyulai Nr. 33 bereits in der Stadt war, in einen heftigen Kampf verbissen mit den durch solche Kühnheit verwirrten piemontesischen Schaaren. Hinter ihm aber drängten feindliche Colonnen in die Stadt nach. An ein Preisgeben Mortaras war nicht mehr zu denken, und Erzherzog Albrecht war nicht der Mann, der vor einer kühnen That zurückschreckte oder sie eindämmte; er selbst führte das Centrum nochmals zum umfassenden Angriffe vor, drang in die Stadt, befreite Benedek aus seiner bei allem Heroismus bedenk-

lichen Lage und ermöglichte ihm die Vollendung des begonnenen
Werkes; Benedek zwang weit überlegene Truppen zur Waffenstreckung. 2000 Mann mit 56 Officieren, 130 Pferde, 5 Geschütze
und anderes Kriegsmaterial fielen in unsere Hände.

Novara.

Ein trüber Morgen war es — der Morgen des 23. März 1849
— aber ein herrlicher Tag wurde er für unsere Waffen. Die
Vorhut des tapferen d'Aspre ist zuerst am Feinde, bald wird
des Feldzeugmeisters zwei Divisionen, Erzherzog Albrecht
und Schaaffgotsche (kaum 20.000 Mann) in einen grimmigen
Kampf verbissen mit dem dreifach überlegenen Feinde. Geschlossen wie auf dem Exercierplatze stürmen die Bataillone.
Das 1. Bataillon Franz Carl (heute Friedrich) Nr. 52 nimmt in
einem wahren Muster-Sturme Mirabello und Moncucco. Jedes
Haus wird erobert, um jedes Haus wird gestritten. Carlo Alberto
selbst dringt mit Bataillonen gegen die heldenkühne Schaar,
und sie bleibt eisern, sie hält fest, bis Paumgartten (Nr. 21)
und die Elfer-Jäger den zu Tode ermatteten Magyaren Hilfe
bringen. Und immer von Neuem führt Erzherzog Albrecht,
in persönlichem Muthe, in klarer Erkenntnis der Situation seinem
großen Vater gleich, seine schwachen Schaaren zum Sturme auf
Bicocca; bei Olengo wehren sich die Kaiserjäger vom 2. Bataillon
stundenlang gegen die ganze Division des Herzogs von Genua.
Kann sich d'Aspre noch halten? Und dass er es vermochte, dies
war Albrecht's Verdienst. Die Tapferkeit und der klare Feldherrnblick des Erzherzogs waren es, welche vereint den Triumph
des Tages vorbereiteten. Dieses vielstündige Ausharren in einem
aufreibenden, mörderischen Kampfe wurde nur möglich durch
die vortrefflichen Anordnungen, welche der Erzherzog, zum Theil
auf eigene Verantwortung, abweichend von dem Befehle des
Corps-Commandanten gegeben. Er war es, der die Bedeutung
der von Nibbiola gegen Novara, seitwärts der Hauptstraße
ziehenden, theilweise bewaldeten Höhen, der die Wichtigkeit der
festen Stellung von Bicocca erkannte und nichts versäumte, jene
Höhen zu sichern, diese Stellung zu erobern und in blutigem,
wechselvollen Ringen festzuhalten. Man weiß, dass Erzherzog
Albrecht es war, der im Augenblicke der äußersten Gefahr, als
die tapfersten Bataillone wankten und wichen, mit den rasch

vorgezogenen Reserven den vordringenden Feind hemmte, die Vertheidigung der letzten Häuser leitete, das Gefecht wiederherstellte. Und auf einem anderen Punkte, zu Torre di Quadro, verhütete das vom Erzherzog in die linke Flanke entsendete Detachement des Oberst Graf Kielmannsegg die verhängnisvolle Ausbreitung des Feindes. So bereitete die selbständige Sicherung der linken Flanke, die Festhaltung von Bicocca durch Albrecht die siegreiche Entscheidung vor; als die sehnsüchtig erwarteten Colonnen der nächsten Corps eintrafen, führte der Erzherzog mit erleichtertem Herzen und in der befeuernden Voraussicht des Sieges die bataillonsweise anlangenden Verstärkungen vor; ein frisches, glorreiches Schlagen begann und endete mit dem herrlichsten Triumphe.

„Die Verdienste des FZM. Baron d'Aspre, des FML. Graf Thurn, deren Corps in erster Linie fochten, verdienen die höchste Anerkennung" — so heißt es in dem berühmten Schlachtenrapport, welchen Radetzky aus dem Hauptquartier Novara, 24. März, 12 Uhr nachts datierte — „FZM. Baron d'Aspre besonders hat seinen früheren Lorbeeren nun auch diese neuen hinzugefügt. **Gleich nach ihm kommt das Verdienst Sr. k. k. Hoheit des Erzherzogs Albrecht**, dieses erlauchten Herrn, der, um seine Leistungen vor dem Feinde erst zu prüfen, sich freiwillig von Sr. Majestät das Commando einer Division erbeten hatte, obwohl Höchstderselbe schon früher Commandierender gewesen. Derselbe bewies an diesem heißen Tage eine bewunderungswürdige Standhaftigkeit und wich nicht einen Schritt aus seiner sehr gefährdeten Stellung zurück. **Nur Gerechtigkeit wäre es, diesen Prinzen des Hauses mit dem Theresienorden zu schmücken. . . . .**" Und in dem Zeugnisse, welches der Marschall dem Erzherzog über dessen Verhalten gab, kommen folgende, dasselbe klar und scharf charakterisierende Sätze vor: „Zweimal im Laufe des letzten Feldzuges haben Se. kais. Hoheit sich die gerechtesten Ansprüche auf den Maria Theresien-Orden erworben, und zwar in dem sehr rühmlichen Treffen bei Mortara, sowie in der Schlacht von Novara. Der Erzherzog hat an beiden Tagen die Talente eines einsichtsvollen Generals und den Muth eines tapferen Soldaten entwickelt. Ich unterfertige dieses Zeugnis mit der Zuversicht, dass er eine Zierde des **Maria Theresien-Ordens** sein wird."

In der Promotion vom 29. Juni 1849 wurde denn auch dem kaiserlichen Prinzen, welcher im 32. Lebensjahre die vollen Talente eines Unterfeldherrn entfaltet, einen ruhmreichen Sieg durch Umsicht, Geistesgegenwart und beispiellose Tapferkeit vorbereitet hatte, das Commandeurkreuz unseres höchsten Ordens für Tapferkeit zutheil, und Albrecht von Österreich ist in Wahrheit eine Zierde dieser Heldengemeinschaft geworden. Auch sein Militär-Verdienstkreuz gemahnte stets an die unvergesslichen Thaten, mit denen er seine Ruhmeslaufbahn eröffnet hat. Die Pacification Toscanas beschloss die großen und schwierigen Aufgaben, welche die Division Erzherzog Albrecht im Jahre 1849 vollführt hat.

Ein interessantes Nachspiel hatten die Siegestage von Mortara und Novara, eine Episode, welche den echten Soldaten-Charakter des Erzherzogs interessant beleuchtet: Während der beiden Affairen war der größte Theil des Marstalls des Königs Victor Emanuel durch die Division Albrecht erbeutet worden; die Pferde wurden gegen Erlag des sogenannten „Beutegeldes" an verschiedene Officiere vertheilt. Nach erfolgtem Waffenstillstand sprach Victor Emanuel Radetzky gegenüber den Wunsch aus, seine Pferde wieder zurückzuerhalten, worauf der Corps-Commandant d'Aspre den nunmehrigen Eigenthümern der piemontesischen Hofpferde die sofortige Zurückstellung anbefahl. Benedek erklärte das Vorgehen d'Aspres als ein das gute Recht seiner Officiere schädigendes Verlangen und verweigerte in formeller Weise die Herausgabe. Hierüber erzürnt, beauftragte der Feldzeugmeister den Erzherzog Albrecht, als Vorgesetzten Benedek's, diesem Arrest zu dictieren und dessen Säbel abzunehmen. Die Art und Weise, in welcher sich der Prinz dieser überaus peinlichen Mission entledigte, ist charakteristisch und zeugt von seinem ritterlichen Sinn; er sprach nämlich zu Benedek wörtlich Folgendes: „Ich bin nur der Vollstrecker eines höheren Befehles, den ich nicht ändern darf, aber ich kann es nicht dulden, dass ein Held, wie Sie, auch nur einen Augenblick seiner mit so viel Muth und Erfolgen geführten Waffe entblößt werde. Gestatten Sie mir daher, lieber Benedek, Ihnen als Zeichen meiner besonderen Hochachtung den Säbel meines Vaters, welchen er bei Aspern geführt hat, zur bleibenden Erinnerung zu widmen."

* * *

Die Tage von Mortara und Novara machten den Erzherzog würdig, den Besten beigezählt zu werden, welche sich um den Heldenmarschall schaarten; sie allein hätten genügt, den Namen Albrecht jedem Österreicher theuer zu machen. Und doch waren sie nur die Anfangspunkte auf jener strahlenden Feldherrnbahn. Auf denselben blutgedränkten Gefilden und Höhen, welche Radetzky's kleines Heer im heißen Kampfe um des Sieges Palme ringen sahen, erneute Erzherzog Albrecht achtzehn Jahre später Österreichs Waffenruhm.

Gouverneur in Ungarn.

Zehn Friedensjahre folgten den blutigen Entscheidungen des Jahres 1849, und bedeutsame Friedensarbeiten hatte Erzherzog Albrecht in diesem Zeitraum zu vollführen. Nach einer vorübergehenden Designierung zum Gouverneur der deutschen Bundesfestung Mainz (1849), welche bei der noch ungeklärten Lage Deutschlands besondere Bedeutung hatte — auch sein unsterblicher Vater hatte 1815 diesen Posten bekleidet — wurde er am 16. October zum Commandanten des III. Armeecorps in Böhmen, am 11. März 1850 zum Militär-Commandanten in Prag, am 12. September 1851 zum Commandanten der III. Armee und gleichzeitig zum Militär- und Civil-Gouverneur des Königreichs Ungarn ernannt. All' diesen Berufungen lag die Erkenntnis der außergewöhnlichen militärischen Bedeutung, der im Kampfe wie im Frieden bewährten Einsicht und Energie Albrechts zugrunde.

Am schwierigsten wohl, schwieriger als das verantwortungsreichste Commando im Felde, gestaltete sich die Aufgabe unseres Erzherzogs, der schon am 14. September 1850 zum General der Cavallerie ernannt worden war, in Ungarn. Kaum waren die wildbewegten Wogen des Bruderkampfes geglättet, welcher das Land der Stefanskrone verheert hatte, kaum war die Autorität des Hauses Habsburg wieder hergestellt, und fern war noch jene allgemeine Beruhigung und Versöhnung der Gemüther, welche allein die gedeihliche Zukunft Ungarns verbürgen konnte. Die Aufhebung der Verfassung, die Schmälerung der politischen Rechte — eine Folge der kriegerischen Entscheidung — wurde schmerzlich empfunden in weiten Volkskreisen, und ein außerordentliches Maß von Selbstverleugnung und Selbstaufopferung gehörte dazu, um den Erzherzog eine lange Reihe von Jahren (bis 1860) auf diesem Posten zu erhalten. Selbst sein mildes Herz, seine erleuchtete Weisheit, seine unbegrenzte Fürsorge für das seiner Leitung und Verwaltung anvertraute Volk vermochte die Lage in Ungarn nicht dauernd zu erhellen; wohl aber erkannten alle besonnenen, gerecht denkenden Bewohner des Landes die musterhafte Administration, die unerschütterliche Gerechtigkeit, die wohlthuende Ordnung an, welche in jener Epoche in Ungarn herrschte. Selten sind die materiellen Verhältnisse besser gewesen im Lande; wer an den Erzherzog-Gouverneur herantrat, bewunderte dankbar dessen gütiges Herz, den alle Zustände klar erfassenden und beurtheilenden scharfen Blick, die edlen Absichten des Prinzen.

1859—1866.

Im Kriegsjahre 1859 war es dem Helden von Mortara und Novara leider nicht beschieden, mit dem Gewicht seiner militärischen Persönlichkeit die Entscheidung des Kampfes zu beeinflussen. Eine bedeutsame Aufgabe war ihm zugedacht: hätten sich die Staaten des deutschen Bundes zum kräftigen Eintreten für Österreichs gutes Recht entschlossen, dann war Erzherzog Albrecht berufen, an der Spitze der durch ein österreichisches Corps zu verstärkenden Bundesstreitkräfte im Westen Deutschlands jene entscheidenden Schläge zu führen, welche vielleicht schon damals die Präponderanz des Napoleonischen Frankreich zerstört, dem Triumph Deutschlands besiegelt hätten. Er hätte am Rhein jene Kämpfe erneut, die einst sein Vater so ruhmreich geführt hatte als der „beharrlichste Kämpfer für Deutschlands Ehre". Aber die Vorsehung wollte es anders. Umso eifriger waltete er in Wien seines Amtes, der Operations-Armee Verstärkungen bereit zu stellen, Neuaufstellungen zu leiten, die Sicherheit im Innern zu erhalten.

Am 19. April 1860 durfte der Erzherzog von dem schwierigsten Posten, den er in seinem vieljährigen militärischen und politischen Leben bekleidet, von dem Militär- und Civil-Gouvernement in Ungarn, scheiden, wurde im Sommer desselben Jahres mit der Inspicierung der Truppen in verschiedenen Gebieten der Monarchie betraut und am 20. October zum Commandanten des VIII. Armeecorps in Vicenza ernannt. Man sah einer Erneuerung des Kampfes auf italienischer Erde entgegen, und diesmal wollte Erzherzog Albrecht nicht unter seinen Waffenbrüdern fehlen. Als echter Soldat unterwarf er sich willig dem nunmehrigen Commandanten der italienischen Armee, FZM. Ritter v. Benedek, der als Oberst bei Mortara unter seinen Befehlen gefochten hatte und der seit Solferino als der „erste Soldat", der berufenste Führer der Armee gefeiert wurde. Zwei Jahre bekleidete der Prinz diese Stellung, um am 4. April 1863, mit der höchsten militärischen Würde, dem Feldmarschalls-Range, ausgezeichnet, den Vorsitz in den Commissionen für Heeres-Reorganisation und sonstige wichtige militärische Angelegenheiten zu übernehmen und als Inspicierender die Ausbildung der Truppen in verschiedenen Generalaten zu überwachen. So war Erzherzog Albrecht zu einer Stellung emporgehoben worden, welche ihm einen großen und leitenden Einfluss auf alle Gebiete der Armee gestattete; die freie Bahn aber für die Verwirklichung seiner den höchsten Zielen zustrebenden Ideen schufen ihm erst die Triumphe des Jahres 1866. In jenem unheilvollen Jahre waren es Erzherzog Albrecht und Wilhelm v. Tegetthoff, welche das Selbstvertrauen des Österreichers aufrechterhielten, welche die Ehre des österreichischen Namens, der kaiserlichen Waffen retteten, das Vaterland vor tiefer Erniedrigung bewahrten.

Custoza.

24. Juni 1866.

Custoza! Eine Summe glänzender Thaten und Erfolge bedeutet jedem Österreicher dieses Wort, große Erinnerungen weckt es, und herrliche Heldengestalten belebt es wieder vor unserem geistigen Auge. Dort auf dem blutgetränkten Boden Oberitaliens, wo sich über so manchem österreichischen Helden der Grabeshügel wölbt, haben sich in dem verhängnisvollen Jahre 1866 die Söhne unseres Vaterlandes in heißem Ringen mit tapferen Gegnern gemessen und den Fahnen des Doppelaars unvergänglichen Lorbeer errungen. Dort, auf demselben historischen Boden, wo der greise Radetzky seine Söhne zu herrlichen Siegen geführt, auf dem Boden von Santa Lucia, Sona, Sommacampagna, Custoza, sollte sich am 24. Juni 1866 der österreichische Kriegsruhm noch einmal glanzvoll erneuen, noch einmal sollte der Name „Custoza" bedeutsam werden für Österreichs Geschichte. Der Sieg vom 24. Juni ist nicht ausschlaggebend, nicht entscheidend geworden für die Neugestaltung Österreichs in jenem ereignisreichen Jahre; das schwere Unglück, das über unsere Heere im Norden hereinbrach, raubte den Lorbeern des Südheeres die köstlichen Früchte — aber ein mächtiger Trost waren sie jedem Patrioten, und nicht ohne allen Einfluss blieben sie auf das Schicksal unseres Vaterlandes nach abgeschlossenem Kampfe.

Wer heute, nach mehr als einem Vierteljahrhundert, der großen Ereignisse des Jahres 1866 gedenkt, der weiß, wohin sich damals in erster Linie in zuversichtlicher Hoffnung des Österreichers Blicke richteten. Im Norden, bei den mächtigen Heeresmassen, welche der Held von Mortara, der Sieger von San Martino, Feldzeugmeister Ritter von Benedek, commandierte, sollte und musste der größte Schlag fallen. Dem Erzherzog-Feldmarschall Albrecht, in dessen Hände der Kaiser den

Oberbefehl über die sogenannte „italienische Armee" Österreichs legte, waren die Soldaten ängstlich zugemessen; man wusste den Feind im Süden, das Heer der „Sarden", welches in Wahrheit doch so ziemlich das geeinte Italien repräsentierte, übermächtig gegenüber den kaiserlichen Streitkräften, aber man dachte auch nicht an große Unternehmungen und Thaten und wollte die kriegerische Aufgabe der Südarmee auf die Defensive beschränkt wissen. Man gedachte nur, Venetien, gestützt auf das Festungs-Viereck, unter activer Verwendung der mobilen Streitkräfte, festzuhalten und stattete in diesem Sinne die Armee Albrecht's auf das Sparsamste mit Truppen und Kriegsmitteln aus — so wenig als möglich sollte der Armee im Norden entzogen werden für die Stunde der Entscheidung.

Die eigentliche Südarmee bestand nur aus dem 5. Armeecorps, das in Vertretung des schwerkranken Fürsten Friedrich Liechtenstein der Generalmajor Baron Rodich interimistisch commandierte, mit den drei Brigaden Bauer, Möring und Piret, dem 7. Armeecorps des Feldmarschall-Lieutenants Baron Maroičić mit den Brigaden Töply, Scudier und Welsersheimb, dem 9. Armeecorps des Feldmarschall-Lieutenants Hartung mit den Brigaden Kirchsberg, Weckbecker und Böck, einer vom Generalmajor Rupprecht interimistisch commandierten, neuformierten Reserve-Infanterie-Division und der von Oberst Pulz commandierten Cavallerie-Reserve von 3661 Reitern. Wenn man die Südarmee insgesammt (d. h. mit den Besatzungen, den Truppen in Tirol, Istrien u. s. w.) mit einem Verpflegsstande von 190.945 Mann (138.158 Streitbare) bezifferte, so entfielen davon nur 95.458 Mann (71.821 Streitbare), 15.269 Pferde und 168 Geschütze auf die eigentliche operierende Armee im Lombardisch-Venetianischen, denen die italienische Armee unter dem Oberbefehle des Königs Victor Emanuel 200.000 Streitbare entgegenzustellen hatte. Es gehörte ein starker Muth, Siegeszuversicht und eine unfehlbare Umsicht der Führer dazu, unter solchen Umständen den Kampf zu wagen — und den Sieg zu gewinnen.

Nur die besonders günstige Lage des Kriegsschauplatzes milderte einigermaßen die Lage zu unseren Gunsten. Das Festungs-Viereck mit seinen Stützpunkten Verona, Legnago, Mantua und Peschiera bot einen wohleingerichteten, an Communicationen und Hilfsmitteln reichen Raum, in welchem eine Armee gesichert concentriert und rasch verschoben werden konnte, um je nach Umständen gegen Westen oder Süden vorzubrechen. Dabei gewährten diese Stützpunkte die Möglichkeit einer erfolgreichen Vertheidigung des Mincio und der Etsch und sicherten die wichtige Verbindung mit Tirol. Dagegen erschwerte sich die Lage angesichts einer feindselig gesinnten Bevölkerung, welche eine Schwächung der Festungsbesatzungen, die Besetzung wichtigerer Punkte nöthig machte. Wie sehr hob sich von dieser Volksstimmung die patriotische und soldatische Begeisterung der Truppen ab, welche, aus nahezu allen Nationalitäten des Reiches zusammengesetzt, den alten, guten Geist des Radetzky'schen Heeres zeigten! Sie alle fühlten sich Eines Sinnes und brannten vor Kampfbegier. Dem alten Radetzky'schen Geiste gab auch der Armeebefehl Ausdruck, welchen der Erzherzog an seine Krieger richtete, als er aus Benedeks Händen das Commando der „italienischen Armee" Österreichs übernahm:

„Das Gefühl treuer Waffenbrüderschaft ist es, mit dem ich die k. k. Armee in Italien herzlich und mit Freuden begrüße; fast alle, Führer und Truppen, sind mir bekannt; mit den meisten verbinden mich überdies die ruhmreichen Erinnerungen an unsere Kämpfe von 1848 und 1849 auf diesem blutgetränkten Boden. Die Kenntnis des vollen Wertes derselben erhöht meine Zuversicht, dass wir den Erwartungen unseres Allergnädigsten Kaisers und Kriegsherrn unter allen — auch den schwierigsten Umständen — entsprechen werden ... wir werden beweisen, dass wir gleich unseren Vätern die würdigen Söhne sind von Österreich, an Ehren und an Siegen reich. — Mit festem Vertrauen auf Gott, mit der vollsten Zuversicht auf Euch, trete ich an Eure Spitze . . . und hoffe zu Gott, ich werde als das höchste Ziel, den schönsten Lohn Eurer Treue und Tapferkeit, Eurer Ausdauer und Standhaftigkeit, Euch stets verkünden können: „Der Kaiser ist mit Euch zufrieden."

Die Situation des Erzherzog-Feldmarschalls war nicht beneidenswert. Er sah sich zwei gewaltigen Heeren gegenüber, deren kleineres mit dem Einbruche von Süden her drohte, während die Hauptmacht sich anschickte, von Westen direct in das Festungsviereck einzudringen, sich dann mit dem anderen zu verbinden und das ganze Venetianische zu überschwemmen die kaiserliche Armee in ihre Festungen zu bannen, von allen Verbindungen mit dem Inneren des Reiches abzuschneiden und endlich zur Capitulation zu zwingen. Unter solchen Verhältnissen kämpfen zu wollen, nicht nur der Waffenehre wegen, sondern mit dem Willen und Streben, zu siegen — das war, wie das österreichische Generalstabswerk über die Kämpfe des Jahres

1866 sagt — gewiss ein Entschluss heroischer Thatkraft, der an die schönsten Beispiele der Kriegsgeschichte von Feldherrnmuth erinnert. Erzherzog Albrecht handelte, Eines Sinnes mit seinem vortrefflichen, zu früh dahingeschiedenen Generalstabschef Generalmajor Baron John, nicht engherzig und zaghaft, sondern mit voller Energie die Vortheile erfassend, welche er mit klarem Feldherrnblick erkannte; er handelte nach dem ausgezeichneten Grundsatze, mit welchem General Ritter Mathes von Bilabruck seine geistvolle Studie über die Schlacht von Custoza abschließt: „Wer eine Schlacht nur deshalb schlägt, weil sie ihm der Gegner bietet oder gar aufdrängt, hat die besten Chancen für deren Gewinn bereits verloren. Eine Schlacht sei der Schlussstein einer grundlegenden operativen Idee, die, den vorhandenen Bedingungen entsprechend, einfach entworfen, consequent verfolgt und mit ganzer, ungetheilter Kraft zum Abschlusse gebracht wird."

In allen Maßnahmen der österreichischen Heeresleitung vor und an dem Tage von Custoza tritt uns der jedes Soldatenherz erfreuende Geist der Initiative, lichtvollen Klarheit und zielbewussten Thatkraft entgegen, während der Gegner bei aller heroischen Tapferkeit seiner Truppen, bei aller Aufopferung seiner Führer allenthalben ein unsicheres Umhertasten, den Mangel einer einheitlichen Leitung in den entscheidendsten Momenten erkennen ließ — entsprang doch schon die Theilung der Armee nicht in letzter Linie den gegensätzlichen Anschauungen der Generale La Marmora und Cialdini! Der Erzherzog wusste, dass nur ein rascher, aber gut vorbereiteter Angriff auf einen der beiden, getrennt marschierenden Heerestheile Italiens vor deren Vereinigung den Sieg bringen konnte. Seine Armee stand auf einem „wohleingerichteten", den Truppen wohlbekannten, mit starken Stützpunkten ausgerüsteten Kriegsschauplatze — der Gegner musste nur in eine Lage gebracht werden, in welcher man ihm mit Ausnützung dieser Vortheile beikommen konnte. Und dies gelang dem kaiserlichen Feldherrn. In aller Stille, unter dem Schleier des Geheimnisses, bei nahezu hermetischer Absperrung Venetiens, verstand er es, Alles zum Schlage vorzubereiten.

Am 20. Juni um 8 Uhr überbrachte Oberst Bariola, ein aus der Neustädter Akademie hervorgegangener, 1848 aus der österreichischen in die piemontesische Armee übergetretener Officier, den Vorposten vor Mantua die Kriegserklärung; die Feindseligkeiten mussten ihr unmittelbar folgen. Um den König vollends zu täuschen und zu überraschen, blieb die Armee bis 22. Juni in ihrer rasch eingenommenen Stellung hinter der Etsch; die das Hauptheer dicht umschleiernden Vortruppen hatten den Auftrag, sich beim Anmarsche des Gegners einfach gegen Verona zurückzuziehen. Der König sollte glauben, an der Etsch erst würden sich die Österreicher stellen. Am 22. und 23. Juni concentrierte der Erzherzog-Feldmarschall in zwei geheim durchgeführten, starken Märschen seine Armee im Raume Pastrengo-Verona. Nur ein schwaches Häuflein — das 10. Jäger-Bataillon (die Helden Kopals) und die Jazygier und Kumanier Husaren von Nr. 13 — hielten die Wacht am Po, gegenüber einer Armee von 90.000 Mann, mit der bestimmten Weisung, beim Anmarsche dieser Massen langsam und mit Abbruch aller Brücken, Schiffmühlen, Überfuhren auf Padua zurückzugehen, wo die Streifbrigade Zastavnikovic zur Aufnahme bereit stand.

Im italienischen Hauptquartier wussten die tüchtigsten Generalstäbler nichts von dem, was sich „da drüben" unter dem Schleier des Geheimnisses vollzog. In der frühesten Morgenstunde des 23. Juni bewegten sich die Heeressäulen des Königs auf fünf Brücken über den Mincio. Die kaiserlichen Husaren und Uhlanen wichen nach wenigen Schüssen; nur vom Fort Monte Croce bei Peschiera donnerten die Kanonen dem Feinde einen Morgengruss zu, der sein Ziel nicht verfehlte, und auf dem Gardasee vertrieben „Wildfang", „Speiteufel", „Scharfschütz" und „Uskok", unsere kleinen See-Kanonenboote, tapfer die sichtbaren Freischaren. Trani-Uhlanen brachten die ersten Gefangenen vom Regimente Piemonte Reale ein. Rasch trafen ihre Meldungen im Armee-Hauptquartier ein; um 11 Uhr vormittags versammelten sich die Armeecorps-Commandanten um den Feldherrn und vernahmen seinen festen Entschluss, dem über den Mincio gegangenen Gegner in die Flanken zu fallen. Am Abend des 23. kochten die Soldaten nochmals ab, nahmen die Suppe und die zweite Weinration zu sich, das Fleisch in Vorrath und empfiengen den Befehl, am nächsten Morgen 3 Uhr früh zum Vormarsch bereit zu sein. Zur Schlacht, zum Siege das leuchtete jedem ein; man rüstete zu einem großen Tage. . . .

Eine klare Disposition wies jedem Führer Platz, Richtung und Ziel für diesen Tag zu; in der Linie Castelnuovo, St. Giorgio in Salice, Sommacampagna, bewegte sich der Aufmarsch zur Schlacht, wodurch schon die beabsichtigte Schwenkung der Armeefront gegen Süden angebahnt wurde. Auf einer Front von 9000 Schritt Ausdehnung standen 70.000 Österreicher zum Kampfe bereit; das Hauptgewicht ruhte auf dem linken Flügel. Die italienische Heeresleitung wollte, getäuscht durch den Mangel jedes Widerstandes, am 24. Juni den Rest der Armee über den Mincio gehen lassen, in der Ebene von Villafranca und auf dem Hügellande von Sommacampagna, St. Giustina und Castelnuovo ausbreiten, dadurch die Aufmerksamkeit der Kaiserlichen auf sich ziehen und damit den für den 26. Juni vorbereiteten Po-Übergang Cialdinis begünstigen.

Es regnete heftig in der Nacht vom 23. zum 24. Juni; die Truppen, welche sich, erschöpft von den in echt italienischer Sonnenglut vollbrachten Aufgaben des Tages, zu kurzer Ruhe niedergelassen hatten, wurden aufgescheucht von ihren Plätzen und traten, nicht eben erholt, aber wenigstens auf staubfreien Straßen zwischen 2 und 3 Uhr morgens unter die Waffen. Um halb 7 Uhr hörte man die ersten Schüsse; die Kanonen von Peschiera donnerten gegen nahende feindliche Truppen; um 7 Uhr sprachen die Geschütze bei Oliosi und San Rocco di Palazzolo — die Artillerie der Brigade Bauer wurde von den bei der Kirche des Ortes Oliosi aufgefahrenen italienischen Kanonen begrüßt. Rasch entwickelte sich nun der Aufmarsch des Heeres in der angeordneten Linie, und bald gab es heißen Kampf mit dem getäuschten und überraschten Gegner. Die Infanterie-Reserve-Division des Generalmajors Rupprecht kam zuerst an den Gegner. Aber auch im Centrum war bald der Kampf entbrannt, und um halb 8 Uhr tobte er bereits auf vielen Punkten.

Wir können es nicht wagen, ein getreues Bild der Schlacht zu bieten — an interessanten Momenten, an bewunderungswürdigen Thaten, an erhebenden Episoden sind ja wenig moderne Kämpfe reicher gewesen als diese. Nur die Hauptmomente des Tages seien festgehalten in unserer Schilderung.

Schon in den frühen Morgenstunden hatte die kaiserliche Reiterei Gelegenheit, ihre altberühmte Bravour, ihre ungestüme Tapferkeit und Ausdauer zu bewähren. Um viertel 8 Uhr gab

Oberst Pulz dem Uhlanen-Regimente Graf Trani Nr. 13 und den Kaiser-Husaren Nr. 1, den Befehl, die vor Villafranca vermuthete Feindes-Cavallerie anzugreifen. Rasch und jubelnd giengen zunächst die Uhlanen — es waren die sogenannten „Freiwilligen", die Adlerfeder auf der „Tatarka", die Uhlanka kek über die Blouse, Pick hoch — vor, immer rascher und rascher. Man sandte ihnen Ordre nach, das Tempo zu verlangsamen — die Ordre traf sie nicht mehr. Nicht Cavallerie, sondern feuernde Bersaglieriketten und geschlossene Infanterie-Bataillone findet das Regiment vor sich: aber es hält nicht inne. Immer drauf los! ist die Parole. Rasch sind Bersaglieri und Infanterie überritten oder umgangen, und wie der Sturmwind, überraschend und betäubend, brechen die Uhlanen auf die zweite Linie der Italiener, die Bataillone der Brigade Parma, ein. Rasch formieren sie ihre Vierecke, und eiligst sucht Prinz Humbert (heute Italiens König) — will er nicht gefangen genommen werden — in einem derselben Schutz. Dichte Baumreihen decken die Vierecke; die Reiter können nicht an sie heran, aber sie brechen zwischen ihnen durch, reiten die Ecke eines Quarrés nieder, werfen ein noch nicht im Viereck formiertes Bataillon über den Haufen und sprengen endlich, als immer neue Bataillone sichtbar werden und feuern, als ein weiter Straßengraben das Ausweichen in südlicher Richtung hemmt und manchen tapferen Polen im Sturze begräbt, denselben Weg zurück, abermals an feuerspeienden, todbringenden Infanterie-Vierecken vorüber. Kaum 200 Reiter sind übrig von dem herrlichen, todesmuthigen Regimente, als Oberst Rodakowski bei Casino seine Helden zählt.

Nicht viel später als Trani-Uhlanen haben Kaiser-Husaren den Kampf aufgenommen. Drei feindliche Escadronen bei Villafranca ergreifen, sowie sie die Husaren sehen, die Flucht — sie demaskieren feindliche Bataillone, auf welche die Husaren mit verwegenem Muthe einstürmen. Manches Viereck zersplittert unter dem wuchtigen Angriff der ungarischen Reiter; zwischen anderen brechen sie durch; eine Cavallerieabtheilung, welche sie in der Flanke zu nehmen sucht, jagen sie zurück, bis endlich auch sie, von Oberstlieutenant Rigyitsky heldenmüthig geführt, den Rückzug antreten müssen. Die Schwadronen der Brigade Bujanovics, Württemberg- und Baiern-Husaren und Sicilien-Uhlanen, thun es ihren Kameraden nach — in einer Viertel-

Gefechtsbild aus der Schlacht bei Custoza (Attake der Trani-Uhlanen).

stunde, noch vor 8 Uhr morgens, ist dieser Kampf, einer der
ruhmreichsten Reiterkämpfe unseres Heeres, bestanden.

* * *

Auf der Höhe von Montebello beobachtet Erzherzog
Albrecht den Aufmarsch der Armee; ist er erfolgt, dann soll
auf die Rückzugslinie des Gegners vorgebrochen, der Feind auf
der ganzen Linie von Monzambano bis Sommacampagna
beschäftigt, aber durch einen Massenangriff von sechs Brigaden
auf den am weitesten in die Ebene vorspringenden, wichtigsten
Punkt Custoza die Entscheidung gebracht werden.

Die Italiener kämpfen mit Bravour und Hartnäckigkeit,
aber unter dem Gefühle der Überraschung, welche eine starke
Unkenntnis der wirklichen Situation und infolge dessen auch
eine starke Zerfahrenheit in der Befehlsgebung mit sich bringt.

Und welch blutiges Ringen bedeutete dennoch der Kampf
gegen die überraschte Armee! Der glänzende Reiterangriff der
Brigade Pulz am äußersten linken Flügel der Österreicher hat
ihn eingeleitet. Mittlerweile ist auch die Reservedivision Rupprecht's
mit einer Brigade in den Kampf um den Monte Cricol
getreten, hat die Avantgarde der italienischen Division Sirtori
gegen Oliosi zurückgeworfen, muss aber bei dem Eingreifen der
Division Cerale weichen und sogar den Cricol räumen. Da bringt
ein neuer herrlicher Reiterangriff die Wendung zum Besseren.
Der Held dieser Reiterthat ist ein junger Uhlanen-Rittmeister,
welcher heute als commandierender General in Agram auf hervorragendem
Posten steht: Baron Bechtolsheim.

Oberst von Berres, der Commandant des croatisch-slavonischen
Uhlanen-Regiments Nr. 12, hat ihn mit den drei einzig
noch verfügbaren Zügen des Regiments gegen die auf Fenilu vorrückende
Colonne gesandt. Das ist zu spät, denn ehe er über den
Tionefluss zu setzen vermag, ist Fenile im italienischen Besitz.
Bechtolsheim wendet sich gegen die Straße, sieht bei Mongabia
zwei auffahrende Geschütze und einige daneben haltende
höhere Officiere. „Come un uragano" (wie ein Orkan) — so
drückt sich der italienische Capitän Chiala in seinem Werke
über den Feldzug aus — bricht der kühne Rittmeister über die
Batterie und die Officiere herein. Es ist der Divisionär General-
Lieutenant Cerale und Brigadier General Dhó von der Brigade

Forli; im Nu ist ihre Suite zersprengt, drei Lanzenstiche treffen den General Dhó, ein Schuss den General-Lieutenant Cerale — die Geschütze jagen davon und überfahren die eigenen Leute; die ganze Brigade geräth in Deroute, und durch ihre zerrütteten Colonnen jagen mit eingelegter Pike die Uhlanen. Sie durchqueren die Brigaden Pisa und Forli und nehmen zwei Geschütze. Ganze Bataillone fliehen zerstreut in heilloser Panik nach Oliosi, Monzambano und Valeggio. Nur ein Bataillon von fünf bewahrt Fassung und Ordnung. Und dies alles hat Bechtolsheim mit seinen 100 Uhlanen gethan! Schwer allerdings hat auch seine tapfere Schar gelitten. Bechtolsheim verlor sein Pferd unter dem Leibe; er schwang sich auf das Ross eines durch einen Lanzenstich verwundeten feindlichen Majors und führte den Rest seiner Züge, 17 Reiter, zurück. 2 Officiere, 84 Mann und 79 Pferde kostete dieser glänzende Ritt.

Diese Reiterthat wandte den äußerst bedenklichen Stand der Dinge am Monte Cricol. Und auch der Todesritt der Trani-Uhlanen, die schneidigen Attaquen der Kaiser-Husaren nahmen, obgleich sie in den Schlacht-Dispositionen nicht vorgesehen und von keinem unmittelbaren Erfolg gekrönt waren, nachhaltigen Einfluss auf das Schicksal des Tages. Die Bravour der kaiserlichen Cavallerie wirkte wahrhaft deprimierend auf den Feind. Das italienische Generalstabswerk spricht bewundernd von dem Angriffe unserer Reiter, welche, in ungestümer Carrière zwischen dem Dickicht der Felder auf den linken Flügel der Division Cerale stürzten, die Linie der Klumpen des dritten Bataillons Nr. 49 überritten, das vierte Bataillon Nr. 50 umringten, die Hauptstraße erreichten, die beiden Gräben derselben übersetzten, zwischen den Linien und Quarrés bis an die Eisenbahn, ja in Villafranca eindrangen. Unter den Traintheilen der bei Villafranca befindlichen Divisionen und des Corpshauptquartiers rief das Erscheinen der Uhlanen einen so panischen Schrecken hervor, dass sie ungeordnet bis über den Mincio zurückjagten. Die Infanteriemassen bei Villafranca, 36 Bataillone mit 6 Batterien, und die weit überlegene italienische Reiterei blieben, eingeschüchtert durch die stürmischen Angriffe der Husaren und Ulanen, den ganzen Tag in der Defensive und wagten es nicht mehr, vorzubrechen zu einer herzhaften Action . . .

Nachdem die Uhlanen Bechtolsheims die Division Cerale zersprengt haben, bereitet sich die Reserve-Division zum neuen Vorstoß; die Brigade P i r e t und Theile der Brigade B a u e r vom 5. Corps (R o d i c h) aber ergreifen energisch die Offensive.

Die braven Tiroler vom 5. Kaiserjäger-Bataillon als Avantgarde der Brigade P i r e t werfen sich mit Todesverachtung nach Oliosi, erstürmen die Kirche und mehrere Gebäude, die anderen Bataillone der Brigade werfen den Feind völlig aus dem Orte. Und weiter stürmt die Brigade über Busetta, das genommen wird, bis an den Fuß des M o n t e V e n t o.

Von dessen Höhe senden 30 Geschütze Tod und Verderben gegen die Österreicher, und nur die 8 Geschütze der Brigadebatterie — allmählich auf 4 zusammengeschmolzen — vermögen der italienischen Artillerie zu erwidern, bis Rodich über dringendes Bitten Pirets noch 2 Batterien der Corps-Geschützreserve unter Major Popovich zur Unterstützung sendet. 20 österreichische gegen 30 italienische Kanonen — das ändert die Lage. Die österreichischen Kanoniere treffen gut: bald wird die Sprache der Italiener matter, endlich verstummen ihre Geschütze und gehen auf die Höhenkämme zurück. Um 3 Uhr nachmittags macht Piret mit seiner Brigade, im Vereine mit den Truppen der Reservedivision, den entscheidenden Angriff auf die Höhen bei Canova und Pasquali und den Monte Vento. Heldenmüthig dringen die Rumänen des Regimentes Baden Nr. 50 unter Oberst S c h w a i g e r, der hier den Heldentod stirbt, und die Kaiserjäger durch das ganze Defilé zwischen dem letzteren Berge und jenen Höhen vor. Von Höhe zu Höhe drängen sie den Feind, und gegen 4 Uhr ist das ganze Defilé bis zum südlichen Ausgange bei Fontanello genommen. Das 1. Bataillon Creneville (heute Dänemark) Nr. 75 — Südböhmen — stürmt über Rodolfo gegen den Monte Vento, wirft die feindliche Reiterei, zwingt die italienischen Batterien in der rechten Flanke zum Abfahren, worauf die Mitte der Brigade den Berg zunächst des Defilés kampflos ersteigt.

In Unordnung weichen die Italiener gegen Vallegio und Monzambano, die Besetzung der Bergeshöhen bis Tirodella sichert den Erfolg Pirets. Er ist ein entschiedener und von bedeutsamem Einfluss auf den Sieg. Der festeste Stützpunkt des feindlichen linken Flügels, die Höhen am Mincio in der Nähe der Flussübergänge bei Monzambano und Valeggio, sind in unseren Händen, die Rückzugslinie des Feindes bedroht, starke Massen seines Heeres kampfunfähig gemacht. Durch kühne Initiative und umsichtige Gefechtsführung hatte sich mit diesem Erfolge Piret das Theresienkreuz redlich verdient.

Während die Brigade Piret diesen Siegeslauf that, hat die Reservedivision Rupprechts die feindliche Brigade Pisa auf der ganzen Linie des Monte Cricol angegriffen. Die Krainer von Hohenlohe (heute Kuhn) Nr. 17 und die Böhmen von Degenfeld (heute Browne) Nr. 36 stürmen gegen Renati, Prinz Gustav von Sachsen-Weimar gegen Fenile, Generalmajor Benko mit den Deutsch-Banater Grenzern, dem vierten Bataillon Paumgartten Nr. 76 und den 37er-Jägern in der Mitte gegen den Monte Cricol und Mongabia. Das 3. Bataillon Degenfeld durchwatet den 3 Fuß tiefen Tione, erstürmt Fenile, erobert vier Geschütze und macht in energischer Verfolgung des geschlagenen Gegners zahlreiche Gefangene. Andere Abtheilungen des tapferen Regimentes nehmen Burato, einige Compagnien Hohenlohe erstürmen Campagna rossa, nehmen den Monte Torcolo und treiben den Feind gegen Maragnotte.

Ebenso tapfer kämpft die von Oberst Bauer, dem verblichenen Reichskriegsminister Österreich-Ungarns, mit Energie und Umsicht geführte Nachbarbrigade gegen die Division Sirtori. Das Prager Regiment Benedek (heute König Humbert) Nr. 28 sieht sich von mehreren Seiten von starken italienischen Colonnen angegriffen, Lucca-Cavallegieri brechen auf die Infanterie herein, welche sich in Vierecken und Klumpen wehrt. Da führt Oberst Bauer persönlich das 19. Jägerbataillon über Rosoletti heran; mit Ungestüm dringt es in die Flanke des Feindes und gegen Pernisa vor, die tapferen Prager sammeln sich zu erneutem Sturm, und über den Tione werfen sie als Sieger den Feind. Bis Muraglie folgen die Neunzehner-Jäger den Fliehenden, auf den Höhen von Feniletto steht imponierend das 28. Regiment.

Nicht so glücklich liegen die Dinge am Monte Torre und Monte della Croce. Generallieutenant Brignone hat diesen Höhenzug über La Marmoras persönlichen Befehl mit starken Truppen besetzt. Die sardinischen Grenadiere und das 37. Bersaglieri-Bataillon Kerntruppen der Armee, und eine Abtheilung Lucca-Cavallegieri stehen dort, die lombardische Grenadier-Brigade in Reserve —

eine für unsere Armee gefährliche Position; gerade dieser Höhenrücken dominiert die umliegenden Höhen, von ihnen aus kann der Feind, wenn die Schlacht eine für ihn günstige Wendung nimmt, die Höhe von Sommacampagna, das Pivot unserer Armee, selbst und erfolgreich angreifen. Deshalb befiehlt der Commandant unseres 9. Corps, Feldmarschallieutenant Hartung, den Angriff der gefahrdrohenden Berge. Seine Batterien eröffnen ein sicher treffendes Feuer, die Brigade Weckbecker mit vier Bataillonen der ungarischen Regimenter Bayern (heute Braunmüller) Nr. 5 und Dom Miguel (heute Großfürst Alexis Nr. 39) und den Tiroler Jägern vom 4. Bataillon, gefolgt von der Brigade Böck mit den Ungarn von Toscana Nr. 66 und den Siebenbürgern von Niederlande (heute Großfürst Paul) Nr. 63, marschieren durch das Staffalothal, stramm wie auf dem Exercierplatze, vor. In unwiderstehlichem Anlaufe gewinnen die Kaiserjäger und Bayern-Infanterie den Monte della Croce, ihnen nach die anderen Bataillone; nun aber entspinnt sich ein grimmiges Handgemenge mit den Bersaglieri und Grenadieren, denen General Cugia noch ein Linienregiment zu Hilfe gesandt hat. Fest klammern sich unsere Tapferen dort oben, aber die Übermacht bewältigt sie schließlich. Das Regiment Niederlande klimmt todesmuthig den Berg empor, wirft ein italienisches Geschütz in den Abgrund und muss dennoch zurück. Zehn Compagnien von Kronprinz Rudolf Nr. 19, welche von ihrer Brigade (Scudier) in diese Gegend des Kampfes abgekommen sind, stürmen ohne Bedenken auf den Berg und gegen die Kuppe des Monte della Croce, dringen über die Batterie, wo der Feind vier Geschütze im Stiche lässt, gegen den Monte Torre; nun aber nehmen die frischen Truppen vom 64. italienischen Regiment die ermatteten „Rudolfer" in Front und Flanke, und auch diese Tapferen müssen weichen. Der Monte della Croce bleibt in den Händen des Feindes; erschüttert und zum Theil in Unordnung gehen die Österreicher zurück, die Italiener jedoch, welche mit glänzender Tapferkeit gefochten haben, sind erschüttert und wagen keine Verfolgung.

Noch während hier der blutige Kampf um die Höhen tobt, ist das Regiment Toscana Nr. 66, im Vorrücken auf dieselben, auf die gegen Cavalchina marschierende lombardische Grenadier-Brigade gestoßen. Rasch entschlossen wirft sich das Regiment auf die Lombarden, an deren Spitze Prinz Amadeus von

Savoyen steht, erstürmt Cavalchina und Gorgo, und dringt, die Grenadiere vor sich hertreibend, auf dem Monte Molimenti bis Palazzo Baffi vor, behauptet sich zwei Stunden auf dem eroberten Terrain und wird erst durch die Division Govone zum Weichen gebracht. In diesem blutigen Kampfe ist Prinz Amadeus verwundet worden, das 66. Regiment hat sich seinen Ehrenplatz erkämpft neben den Besten unserer Armee.

Der ungestüme Angriff unseres 9. Corps auf den Monte della Croce hat indess auch die Brigade Scudier, welche in den Morgenstunden Godi besetzt hatte, zum Angriff auf Custoza entflammt. Das Regiment Erzherzog Ernst Nr. 48 stürzt sich mit dem Bajonnett auf zwei Bataillone Lombarden, erstürmt Belvedere, wobei 350 Gefangene gemacht werden, die Kirche und den Friedhof, und die 3. Division Kronprinz Rudolf dringt um 10 Uhr vormittags stürmend in Custoza selbst ein. Fast der ganze Höhenrücken von Bagolina bis Custoza ist in unseren Händen. Da überschüttet die Division Govone vom Monte Torre aus die schwache Brigade mit einem Hagel von Geschossen, die Brigade Alpi stürmt mit frischen Bataillonen gegen Custoza, das Lanciers-Regiment Foggia und eine reitende Batterie dringen rückwärts gegen den Ort. Die Bersagliere vom 34. Bataillon nehmen ihn zurück, und decimiert durch das mörderische Feuer von vier Batterien, denen sie keine Kanone entgegenzustellen hat, weicht die Brigade Sendier gegen Zerbare, aufgenommen von der Brigade Welsersheimb.

* . * *

Fern von einer glücklichen Entscheidung war man, wie wir sehen, in den Mittagsstunden auf dem Blutfelde von Custoza. Selbst auf dem westlichen Theile des Schlachtfeldes hat unsere Truppen ein schwerer Unfall getroffen. Tapfer hatte die Ausfallstruppe aus Peschiera (4 Compagnien, 36 Husaren und 4 Geschütze) gegen die Brigade Aosta bei Torrione und Marzago gekämpft und weichen müssen. Da sahen die verfolgenden Bersaglieri des 17. Bataillons das völlig intacte 36. Jäger-Bataillon ruhig am Mincio-Ufer bei Monzambano vorrücken. Auf 1000 Schritte der Brücke nahegekommen, wurden die ahnungslosen Jäger mit einem mörderischen Geschütz- und Gewehrfeuer begrüßt. Ein Bataillon Bersaglieri, das 32., ein Bataillon des 6. italienischen

Linien-Regimentes und zwei Escadronen Guiden warfen sich auf die österreichische Schar, umzingelten sie und nahmen sie gefangen. Ein vehementer Angriff einiger in diesem Momente erscheinenden Compagnien des von dem tapferen Oberst Graf Attems (heute Feldmarschall-Lieutenant und Obersthofmeister Ihrer k. u. k. Hoheit der Erzherzogin Maria Immaculata) commandierten Regiments Hohenlohe Nr. 17 rettete wenigstens einen Theil der Jäger vor der Katastrophe. Nur die Erstürmung des Monte Vento brachte den ersten starken Erfolg des Tages. Der linke Flügel der Italiener war geschlagen, die Entscheidung jedoch musste auf den östlichen Theilen des Schlachtfeldes gebracht werden. Und sie wurde gebracht.

Um 1 Uhr mittags sendet der Commandant des 5. Corps, bestärkt durch die von den Brigaden Piret und Bauer errungenen Vortheile, die Brigade Möring zum Sturm auf Santa Lucia: die Einundzwanziger-Jäger (Niederösterreicher), zwei Bataillone Ungarn von Nagy Nr. 70 (von der Brigade Bauer), das Regiment Grueber (heute Starhemberg) Nr. 54 (Mährer) und das Regiment Leopold Nr. 53 (Croaten) gehen entschlossen vor, nehmen Pernisa, durchwaten den Tione und erklimmen in voller Ordnung die matt vertheidigten steilen Höhen. Die Einundzwanziger-Jäger sind die Ersten oben, 150 Feinde bleiben in ihren Händen; zwei andere Compagnien nahmen die Höhen bei Via Cava mit zwei Kanonen. Ein wichtiger Erfolg für die Armee! Von Santa Lucia und dem Monte Mamaor kann der Feind, wenn er bei Custoza weitere Anstrengungen macht, in Flanke und Rücken genommen werden; seine Lage wird kritisch, und nichts versäumt Österreichs Feldherr, sie zu nützen. Schon hat auch Feldmarschall-Lieutenant Hartung neue Versuche gemacht, den Feind von Monte della Croce herabzuwerfen. Das Regiment Thun (heute Loudon) Nr. 29, Banater, stürmt von Berettara gegen das Beldvedere, nimmt es und wendet sich gegen Custoza, wo es aber durch ungestüme Angriffe von Bersaglieri und Lanciers neuerdings geworfen wird. Nur auf dem Belvedere stehen mit eherner Standhaftigkeit die Banater Soldaten und weichen nicht, bis der Generalstabschef Oberstlieutenant Pielsticker ein Bataillon von Bayern Nr. 5 zur Hilfe heranführt. Es wendet die äußerste Gefahr, die Übermacht aber ist noch immer erdrückend, und schließlich geht es abermals zurück auf Berettara. Und zum **drittenmale** stürmen die Kaiserlichen um 3 Uhr nachmittags die verhängnisvollen Höhen. Sämmtliche Batterien des Corps Maroičić eröffnen den Feuerkampf, und die Bataillone der Brigaden Welsersheimb und Töply setzen sich in Bewegung gegen das Belvedere. Die Siebener-Jäger, das 3. Kaiserjäger-Bataillon und Ludwig Victor-Infanterie stürmen unaufhaltsam vor; Feldmarschall-Lieutenant Baron Maroičić, der alte Kriegsheld von Vicenza, immer in den ersten Reihen; bald ist das Belvedere sammt dem ganzen gegen Valle Busa fortlaufenden Rücken in unseren Händen, ein Geschütz erobert. Und nun lässt Maroičić 40 Geschütze seiner Brigade- und Reserve-Batterien vom Belvedere und Monte Moliment gegen Custoza und die Höhen des Monte Torre und della Croce donnern. Furchtbare Verheerungen richten sie dort an; die Batterien des 9. Corps unterstützen ihrerseits diese heftige Zwiesprache der Kanonen. Die Entscheidung naht und wirksam bereitet unsere Artillerie sie vor.

* * *

Von der Höhe bei San Giorgio, dann (seit 12 Uhr) vom Cypressenhügel bei Corte, endlich seit halb 1 Uhr von der Höhe bei San Rocco di Palazzolo aus hat Erzherzog Albrecht mit dem klaren und ruhigen Blick des Feldherrn die Entwickelung der Schlacht beobachtet und, unbeirrt durch die aufregenden Phasen des Riesenkampfes, mit Festigkeit und Bestimmtheit seine Befehle gegeben. Er ist überall, und sein Geist erfüllt seine Unterfeldherren, denen nicht die Kraft der eigenen Initiative gefesselt war, wenn ihre Entschließungen nur nicht hinausgriffen über den Rahmen der maßgebenden Dispositionen. Um 3 Uhr gibt der Feldmarschall den Befehl zum Hauptschlage, zu dem allgemeinen Sturme auf Custoza. „Das 7. Armeecorps soll um 5 Uhr diesen letzten Versuch auf Custoza" machen, das 5. mit einer Brigade diesen Angriff unterstützen, drei ausgeruhte Bataillone des 9. haben sich von der Reservestellung in Sommacampagna auf den rechten Flügel zu ziehen, die Cavalleriebrigaden, wenn die Pferde noch Kraft besitzen, durch eine Vorrückung gegen Custoza diesem allgemeinen Sturme Nachdruck zu geben.

* * *

Um halb 5 Uhr beginnt die Brigade Möring vom 5. Corps (Rodich), die Regimenter Leopold und Grueber und zwei Bataillone Nagy, den Vormarsch auf den vielumstrittenen Ort. Ihre Batterie spielt die Ouverture, dann schreiten die Croaten von Leopold, die Nachkommen der alten Panduren Trenks, als links vorgeschobener Staffel, unter ihrem Commandanten Oberst Baron Dahlen (nachmals Feldzeugmeister und Commandierender in Bosnien) stramm und fest vor. Die feindlichen Projectile schlagen in ihre Massen — sie lockern sich nicht; in der Mitte der 7. Division reißt ein platzendes Geschoss drei Mann nieder, und kein Mann stockt im Marsch. Ein Theil des Regimentes geräth von der Direction ab und hält nördlich von Valle Busa; an der Spitze von 9 Compagnien aber dringt Generalmajor Möring zuerst in Custoza ein, und von Haus zu Haus treiben jene in heldenmüthigem Anlaufe den Feind. Die Pionnier-Abtheilung unter Oberlieutenant Ellerich schlägt das Hauptthor des in der Mitte des Ortes liegenden Palazzo Bevilacqua (früher Ottolini) ein, dringt in den weiten Hofraum, den Pionnieren nach andere Abtheilungen des Regimentes und Kameraden von Mecklenburg-Strelitz- *) und Paumgartten-Infanterie Nr. 76. Im heftigsten Feuer aus Fenstern und Lucken sind diese Bataillone von der Brigade Welsersheimb und der Rest von Leopold in Custozza eingedrungen; Nagy- und Grueber-Infanterie rücken in der Ebene gegen Coronini, die Brigade Töply (Alemann Nr. 33, Ludwig Victor Nr. 65, Siebener-Jäger) folgen der Brigade Welsersheimb; in wilder Flucht stürzen die Italiener aus Custoza hinab, den Colonnen nach, welche bereits nach Villafranca, Valeggio u. s. w abziehen. Flammen steigen aus dem Palazzo empor, Berge von Leichen füllen den Hofraum, 359 Mann fallen lebend in unsere Hände. **Custoza, der letzte und wichtigste Stützpunkt der italienischen Armee, ist erobert.**

Schon flattern ja auf dem **Monte della Croce**, der an diesem Tage Ströme von Soldatenblut gekostet hat, die Fahnen der Kärntner von Maroičić Nr. 7. Unthätig ist das Regiment stundenlang während des Tobens der Schlacht in Sommacampagna gestanden; mit hellen Jauchzern begrüßen die Söhne der Kärntner-

---

*) Dieses tapfere Regiment hatte auch den Gegenangriff des 25. italienischen Regimentes abgewiesen, welcher von der Südwestseite des Monte Torre gegen den linken Flügel der auf Custoza vorgehenden Sturmcolonnen gerichtet war.

berge nun als Erlösung den Befehl zum Sturm. Ruhig, wie auf dem Manöverfelde, vollziehen im Staffalothale die Bataillone unter Oberstlieutenant Wallenweber ihren Aufmarsch, und, — das zweite Bataillon unter Hauptmann Pelzel voran — ziehen sie mit Bravour gegen den Nordabhang des Monte della Croce. In kurzen, kernigen Worten gemahnt Pelzel die Kärntner an ihres Regimentes alten Ruhm, und auf sein „Vorwärts!" werfen sich die Bataillone auf die Bersaglieri und Linientruppen. Hoch flattern die Fahnen: die Fahnenführer Pammer und Kreuzhuber halten diese Paniere, von Kugeln durchlöchert und zerrissen, aufrecht im mörderischen Feuer. Mit manchem patriotischen oder scherzenden Worte befeuern die Unterofficiere ihre Soldaten; ohne Unterlass schlagen die Tambours im heftigsten Feuer den Sturmstreich, die Hornisten blasen das Sturmsignal. Verwundete raffen sich wieder empor und stürmen mit, bis sie blutüberströmt zusammensinken. Eine Abtheilung ist bis zur unbedeckten Höhe gelangt und ordnet sich hier zum letzten Sturm. Da ruft frohgemuth ein tapferer Älpler: „Vorwärts! Wenn wir schon hier sind, so gehen wir auch weiter, sonst müssen wir noch einmal den Berg hinaufsteigen!" Und vorwärts geht es, immer vorwärts, wie sehr sich auch die Bersaglieri dagegen stemmen. Verwirrt weichen endlich die feindlichen Kerntruppen dem Anprall solcher Helden. Eine Batterie von sechs Kanonen lassen sie in ihren Händen; sofort lässt Major König die von seinen Officieren und Unterofficieren bedienten Geschütze gegen den Feind kehren; sie wandeln den italienischen Rückzug in völlige Flucht.

Und in diese fliehenden Massen brechen nun die Escadronen der österreichischen Cavallerie-Reserve unter Pulz, Kaiser- und Württemberg-Husaren voran, Bayern-Husaren und Sicilien-Uhlanen im zweiten, Trani-Uhlanen im dritten Treffen, herein. In Ceschie haben die Husaren zwei Compagnien gefangen genommen, bei 1000 Gefangene machen sie unter den vom Monte Torre und della Croce herabfliehenden Massen, Oberstlieutenant v. Rigyitsky dringt bis Villafranca und fordert durch einen Parlamentär den General Bixio zur Waffenstreckung auf. Er lehnt ab, und feindliche Artillerie mahnt die Husaren zur Mäßigung ihrer „Schneid'!" Noch einmal führen die Oberste Pulz und Bujanovics ihre tapferen Reiter gegen Villafranca. Attaquirende Lancieri werden geworfen, aber das Kartätschenfeuer der feindlichen Batterien und undurchdringliche Vierecke hemmen den stürmischen Angriff. Gleichwohl stürzt sich Bujanovics mit 30 Husaren auf eine Batterie, aber ein gedeckt stehendes Bersaglieri-Viereck überschüttet das Häuflein mit seinen Salven, das Pferd des Obersten stürzt, er selbst bleibt schwerverwundet vor dem Quarré liegen, nur Lieutenant Krisztiányi gelangt mit einem Husaren in die Batterie. Schwerverwundet sinkt er zusammen und mit Bajonnettstichen und Kolbenschlägen dringen die feindlichen Soldaten auf ihn ein. General Bixio rettet den kaiserlichen Officier aus dieser Lage und stellt dem tapferen Lieutenant sogar den Säbel zurück mit den Worten: „Prendete la vostra spada, perchè meritate la portarla". („Nehmen Sie Ihr Schwert, da Sie würdig sind, es zu tragen.")

Der Verlust von Custoza und des Monte Torre hat die Schlacht entschieden; auch Bixio und sämmtliche Colonnen der italienischen Armee wenden sich zum Rückzuge; um 10 Uhr abends ist Villafranca geräumt, die erschütterten, theilweise aufgelösten italienischen Divisionen gehen über den Mincio, auf dem erkämpften Schlachtfelde campiert die siegreiche Armee Österreichs. Aber theuer erkauft ist der herrliche Sieg. 7956 Mann, meist Todte und Verwundete, bezeichneten den österreichischen Verlust an diesem Tage — eine verhältnismäßig hohe Ziffer, doch leicht erklärlich, da wir überall die Angreifenden, die Italiener in gedeckten Stellungen die Vertheidiger waren — 8135 Mann verloren die Italiener, darunter über 4000 unverwundete Gefangene. 14 Kanonen, 16 Protzen, 4 Munitionswagen, 1 Genie-, 4 Ambulanzwagen. 2 Feldschmieden und über 5000 Gewehre fielen in unsere Hände. Und wie bescheiden klang das Siegesbulletin des österreichischen Feldherrn!

„Heute im Vorrücken gegen den Mincio vom Könige mit einem Theile seines Heeres angegriffen, beendete die Armee während des Kampfes die begonnene Frontveränderung nach Süden, stürmte den Monte Vento und schließlich nach 5 Uhr Custoza. Mehrere Kanonen erobert, viele Gefangene. Unsererseits namhaften Verlust. Die Armee focht außerordentlich tapfer und ausdauernd, trotz drückender Hitze; — von 3 Uhr morgens an waren die Truppen auf den Beinen; sie sind vom besten Geiste beseelt."

Mit einem begeisternden Armeebefehl gab der Erzherzog-Feldmarschall am nächsten Tage seinen Soldaten des Kaisers Dank bekannt.

„Seine Majestät unser Allergnädigster Kaiser geruhten mir heute nachts folgende Worte zu telegraphieren: „Dir und Meinen braven Truppen Meinen wärmsten Dank." Waffenbrüder! Es ist der schönste Augenblick meines Lebens, Euch diese Allerhöchste Anerkennung bekannt geben zu können. Den uns vom Feinde frevelhaft aufgedrungenen Krieg habt Ihr mit dem herrlichen Siege von Custozza eröffnet, auf den Höhen, wo wir vor 18 Jahren bereits entscheidend gesiegt. Ich war Zeuge Euerer überwältigenden Tapferkeit, trotz der Übermacht und der ungestümen Angriffe des Gegners. Kanonen wurden erbeutet und zahlreiche Gefangene gemacht. Jeder von Euch hat als Held gestritten, keine Waffe ist der anderen nachgestanden, jede hat in ihrer Eigenschaft das äusserste geleistet. Ihr waret der schweren Aufgabe würdig, wie ich es Euch vorausgesagt. Wir gehen neuen Anstrengungen, aber so Gott will, neuen Siegen entgegen. Erzherzog Albrecht m. p."

Die letzten Worte sollten sich nicht ganz erfüllen. Das Unglück im Norden beraubte die Südarmee der Früchte ihres herrlichen Sieges. Sie musste den Schauplatz dieses Triumphes verlassen und das Herz des Reiches schützen und stärken.

Albrecht und seine Truppen aber richteten damals die sinkenden Hoffnungen Österreichs wieder auf; der Anblick dieser sieggekrönten Krieger belebte den Muth und hob die Kraft ihrer unglücklichen Brüder von der Nordarmee, sie waren der Kern eines zur letzten Vertheidigung Österreichs gerüsteten, imposanten Heeres und wirkten entscheidend auf die Bedingungen des Friedens.

Bei der Erinnerung an Custoza weitet sich noch heute das Herz jedes österreichischen Patrioten. Wir sind nicht groß im Überschätzen unseres Ruhmes: gerade die Bedeutung des Sieges von Custoza ist so manchem unklar geblieben in unserem Vaterlande, während hervorragende Männer im Auslande, ja selbst in Italien mit Worten der Anerkennung und Bewunderung für den Sieger Albrecht nicht sparen. Heinrich von Sybel, dem man Parteilichkeit für Österreich wahrlich nicht zum Vorwurf machen kann, constatiert im fünften Bande seines Werkes „Die Begründung des Deutschen Reiches durch Wilhelm I.", dass der Erzherzog „vom ersten bis zum letzten Tage nur als Soldat, und zwar in ausgezeichneter Weise erwogen, geschrieben und gehandelt hat". Der nachmalige preußische Kriegsminister von Verdy du Vernois, einer der besten Generalstäbler des deutschen Heeres, hat sogar eine einzelne strategische Einheit, die Reservedivision, in ihrer Action bei Custoza, zum Gegenstande einer geistvollen und eingehenden kriegsgeschichtlichen Studie gemacht, und Generalmajor von Mathes schrieb nach der Methode Verdy's seine neue, vortreffliche Studie über die Schlacht, welche beiden kämpfenden Parteien gerecht wird und die reichen Schätze praktischer Kriegswissenschaft hebt, welche die Schlacht bei Custoza bedeutet. Er hat Recht; ein Heer bedarf überströmenden Kraftgefühles und stolzen Selbstvertrauens, wenn es gedeihen und große, glänzende Thaten vollbringen soll. Und dieses Selbstvertrauen kann unser Heer stärken beim Rückblick auf die Thaten von Custoza.

Unter den durchwegs sympathischen Pressstimmen, welche in den Tagen der Trauer der Telegraph aus Rom vermittelt hat, war eine der bemerkenswertesten jene des „Giornale"; dieses Blatt führt überdies eine militärische Aufzeichnung Giuseppe Garibaldi's über die Schlacht von Custoza an, worin der Erzherzog mit den berühmtesten Strategen verglichen wird. Diese Schlacht gleiche eben jenen, in denen das Genie nur auf einer Seite stand. Von Epaminondas bei Leuktra und Mantinea anfangend bis zu den preußischen Strategen des Jahres 1870 verfolgt Garibaldi die Kriegsgeschichte und bemerkt, dass die Regel der schrägen Angriffe sich stets bewährt habe. Garibaldi schließt wörtlich folgendermaßen: „Erzherzog Albrecht war der einzige General bei Custoza, der den Namen eines Heerführers verdiente. Er benützte den Irrthum, welchen wir begangen hatten, indem wir den Mincio auf die weite Front von Mantua bis Peschiera überschritten: er machte Scheinangriffe auf unseren rechten Flügel und auf das Centrum, und nachdem er seine drei Armeecorps auf unsere linke Flanke massirt hatte, konnte er mit seinen 80.000 Mann das Corps von Durando zerdrücken und sechs oder sieben prächtige Divisionen, die sie nicht schlagen konnten, und darüber knirschten, zum Rückzug zwingen."

Der Theresien-Orden erhielt würdige Genossen nach diesem Kampfe. Ein Großkreuz, der geniale Sieger Albrecht, zwei Commandeure, der unvergessene John und der tapfere Maroičić, sechs Ritter (Rodich, Hartung, Piret, Pulz, Pielsticker und Bechtolsheim) danken ihm die herrliche Decoration. Erzherzog Albrecht bewarb sich in edler Bescheidenheit erst über den Auftrag seines Kaisers am 11. Juli 1866 darum. Seinen Generalstabschef John beauftragte er schon am 28. Juni zur Bewerbung um den Orden. Er stellte ihm das Zeugnis aus, dass er durch seine „über die Grenzen der pflichtgemäßen Defensive hinausgehenden, mit ebensoviel Präcision und Vorzüglichkeit als moralischem Muthe entworfene Einleitung der Operationen zu deren Gelingen den Grund gelegt und durch seine mit Scharfblick, mit Ruhe und Festigkeit ertheilten Rathschläge und die über seine (des Feldherrn) Anordnung ausgeführten Dispositionen während der Schlacht zum glücklichen Ausgange und der entscheidenden Wirkung derselben wesentlich beigetragen habe." Auch wurden John, sowie Rodich und Rupprecht Feldmarschallieutenant, die Oberste von Püreker (Chef der Operationskanzlei), Pulz und Bujanovics Generalmajore, und zahlreiche andere Auszeichnungen und Beförderungen waren sichtbare Zeichen des kaiserlichen Dankes für diesen Ehrentag. Das Regiment Maroičic Nr. 7 allein erwarb sich an diesem Tage einen Leopold-Orden (Oberst von Wallenweber), 4 eiserne Kronen, 7 Militärverdienstkreuze, 1 geistliches Verdienstkreuz, 20 Allerhöchste Anerkennungen, 3 goldene und über 60 silberne Tapferkeitsmedaillen.

Die verhängnisvollen Entscheidungen im Norden haben im österreichischen Volke bald die erhebenden Eindrücke dieses Sieges abgeschwächt; man verkannte seine Bedeutung, weil er seiner Früchte zum guten Theile beraubt ward. Und doch hatte Erzherzog Albrecht nicht bloß den Kampf des 24. Juni, er hatte einen Feldzug gewonnen, sein strategisches Meisterstück vollbracht, den Stoß ins Herz der Monarchie, welcher von Süden ebenso drohte, wie von Norden, abgewehrt und aufgehalten; er hatte uns den Glauben an uns selbst bewahrt, und nach den Niederlagen der Nordarmee die Zauberformel gefunden, um das erschütterte Heer und mit ihm die Hoffnungen aller Patrioten neuzubeleben. Je nachdrücklicher und tiefer die Geschichte des Jahres 1866 studirt wurde, desto klarer wurde die Erkenntnis der außerordentlichen Verdienste des Erzherzogs, desto offenbarer wurde die Wahrheit, dass diese Verdienste dem glorreichen Prinzen allein und uneingeschränkt gebüren.

Die Wiedererhebung der Armee.

Seit dem Tage von Custoza war Erzherzog Albrecht der Stolz und die Hoffnung der österreichisch-ungarischen Armee und Monarchie, und er hat rastlos gewirkt und geschaffen, um diese Hoffnung zu festigen, um unsere Wehrmacht auf neuer Grundlage zu einem wahrhaftigen Bollwerke des Reiches zu machen. Am 10. Juli, nach der niederschmetternden Katastrophe der Nordarmee, war der Sieger von Custoza zum Obercommandanten der gesammten operierenden Armee ernannt worden. Und er war mehr als das, er war die belebende Kraft dieser Armee. „Die Niederlage der Nordarmee ist ein großes Unglück, aber deswegen noch nichts verloren. 1809 folgte auf die Niederlage bei Regensburg der schönste Sieg bei Aspern. Auch diesmal steht ein Gleiches in Aussicht, wenn man weder bei der Armee noch im Volke Kleinmuth aufkommen lässt." Diese Worte telegraphierte Erzherzog Albrecht an den Kaiser; so fasste er die Lage auf, und diesen Geist hauchte er dem ganzen Heere ein, als er an dessen Spitze trat. Rasch leitete er den denkwürdigen, glücklichen und raschen Rückzug der siegreichen Südarmee aus Italien ein und sorgte doch für die Sicherheit des Häufleins der Zurückbleibenden.

Mit elektrisierenden Worten begrüßte dann der Feldherr die im Centrum des Reiches zu neuem energischen Widerstande versammelten Truppen der Nord- und Südarmee. „Lasst uns mit vereinten Kräften das große Werk vollbringen und uns hiebei stets in Erinnerung halten, dass der Erfolg demjenigen zu Theil wird, der Kopf und Herz am rechten Flecke hat, der gleichzeitig ruhig zu denken und energisch zu handeln weiß und dass — möge das Glück begünstigen, wen es wolle — nur derjenige verloren ist, der sich einschüchtern lässt und sich selbst aufgibt" . . . 200.000 Mann mit 800 Geschützen standen in wenigen Tagen bereit zum erneuten Angriff oder zum chernen Widerstande, und der ehrenvolle Friede, der uns geboten wurde, war in erster Linie der Existenz dieses, von einem siegreichen Feldherrn geführten, kampffähigen Heeres zu danken. Und ebenso rasch kehrten sich 130.000 Mann mit 435 Geschützen gegen Süden, als Italien Miene machte, den unsererseits gebilligten Friedenspräliminarien zu widerstreben. Das waren unblutige Thaten und Siege, welche für das Reich ebensoviel bedeuteten als gewonnene Schlachten: seine Rettung, den wiedererworbenen Glauben an seine Zukunft.

Generalinspector des Heeres.

Am 17. August sprach der Feldmarschall noch einmal zu der operierenden Armee, und wieder waren seine Worte Trost und Erhebung zugleich für Krieger und Patrioten; sie gedachten des Errungenen, sie trösteten für das Verlorene, sie eröffneten einen freudigen begeisternden Ausblick in die Zukunft. Und als die Waffen zur vollen Ruhe gesetzt waren, wirkte der Erzherzog-Feldmarschall als Armee-Obercommandant (15. September 1866), dann als Armee-Commandant (seit 15. Jänner 1868), endlich als General-Inspector des k. u. k. Heeres (seit 24. März 1869) unter den Auspicien des Obersten Kriegsherrn als Reorganisator, als Hüter und unermüdlicher Förderer der Entfaltung der Armee. Welchem Mitgliede des Heeres müssten wir sagen, wie ernst, mit welch aufopfernder Gewissenhaftigkeit der durchlauchtigste General-Inspector des Heeres die kriegsgemäße Ausbildung und Schlagfertigkeit des Heeres überwachte? Er war überall, er war im steten, innigen Verkehre mit den Truppen und ihren Führern; dem jüngsten Lieutenant war er ein leuchtendes, ja oft ein beschämendes Beispiel hingebender Pflichterfüllung.

Wer diesen „alten Herrn" im Lager oder auf dem Manöverfelde sah, bei sengender Sonnenhitze oder strömendem Regen, das Haupt mit dem Generalshute, dem Zeichen seines hohen Amtes, bedeckt, fest zu Pferde, unermüdlich trotz aller Strapazen, die das gerade von ihm zur höchsten kriegsmäßigen Vollkommenheit erhobene moderne Manöver an dessen Theilnehmer stellt, wer ihn mit nie versagender Aufmerksamkeit die Übungen in ihren markanten, großen Zügen und in charakteristischen Einzelheiten verfolgen sah, der bekannte sich wohl selbst beschämt zu jenem Greisenalter, das der Feldmarschall keinen Augenblick zu spüren schien. Und gieng es dann zur klärenden Kritik, dann vernahm man mit gesteigertem Staunen dieses weise abwägende, gerecht richtende, sanft tadelnde und warm lobende, immer belehrende Wort des Feldherrn, der die graue Theorie so vortrefflich auf den grünen Fluren in belebende Thaten umzusetzen verstand. Bei der Manövertafel aber war der Erzherzog der liebenswürdigste, aufmerksamste Wirt, der seinen Gästen durch die Fülle seiner Kenntnisse, durch seine Festigkeit in allen Zweigen der militärischen Literatur imponierte. Die Manöver wurden, wie zu Radetzkys Zeiten, eine hohe Schule des Krieges, und einmüthig war auch die Kritik des Auslandes in der Bewunderung der außerordentlichen Fortschritte unseres Heerwesens, welches abermals eine hohe Stufe militärischer Vollkommenheit erreicht, den höchsten Grad von kriegsgemäßer Ausbildung und Schlagfertigkeit erreicht hatte.

Welchem Mitgliede der Armee müssten wir hier in Erinnerung bringen, wie viel von den außerordentlichen Errungenschaften der Jahrzehnte seit 1866 der kräftigen Initiative, der immerwährenden Fürsorge, dem tiefen Verständnisse des Erzherzogs für die Bedürfnisse der Armee zu danken ist? Am 18. April 1877 feierte der Erzherzog-Feldmarschall sein 50jähriges, am 25. April 1887 in voller körperlicher und geistiger Frische, in voller Thatkraft sein 60jähriges Dienstjubiläum. In einem unvergesslichen Handschreiben sprach damals der Kaiser seinem erlauchten Oheim den Dank für die außerordentlichen Dienste aus, die er Ihm und dem Vaterlande geleistet.

„Lieber Herr Vetter Feldmarschall Erzherzog Albrecht!

In voller Rüstigkeit, ungebrochen an Willen und Kraft, begehen Euer Liebden heute den 60. Gedenktag Ihres Eintrittes in das Heer.

Ich und mit Mir Meine Armee, welche Sie oft zu Ruhm und Sieg geführt, schreiten freudigen und bewegten Herzens zu dieser so seltenen, erhebenden Feier.

In allen Lagen Ihres vielbewegten Lebens boten Euer Liebden das leuchtendste Vorbild lautersten Patriotismus, und dankerfüllt gedenke Ich Ihrer glänzenden Thaten.

Ihrer edlen und selbstlosen Hingabe für Meine Person und Meine Armee.

Ihr gefeierter Name wird bis in die fernsten Zeiten die Ruhmesblätter der vaterländischen Zeitgeschichte zieren; unvergessen bleibe aber auch Ihre warme Liebe und opferbereite Fürsorge für die Angehörigen der Armee.

So bringe ich denn Euer Liebden Meine herzlichsten Glückwünsche zur heutigen Feier dankbarst entgegen und knüpfe an dieselben die freudige Zuversicht, Sie durch die Gnade des Allmächtigen noch eine Reihe von Jahren Mir und Meiner Armee erhalten zu sehen.

Wien, am 25. April 1887.

Franz Josef m. p.

Das allerhöchste Kaiserhaus, Armee, Marine und beide Landwehren, sowie die ganze Bevölkerung feierten freudig jene Festtage mit. Se. Majestät der Kaiser, sowie viele Mitglieder des Allerhöchsten Kaiserhauses beglückwünschten am 25. April persönlich den durchlauchtigsten Herrn Erzherzog. Der Senior der Generalität, General der Cavallerie Graf von Neipperg, führte die Deputation der Wehrmacht, bestehend aus allen in Wien anwesenden Generalen und Obersten und den gleichgestellten Chargen der Kriegsmarine und den übrigen Branchen, sowie aus Vertretern der beiderseitigen Landwehren, und richtete an den Erzherzog-Jubilar eine tiefempfundene Ansprache, in der er an dessen hohe Verdienste um das Allerhöchste Kaiserhaus, das Reich und die Armee erinnerte. „Wer solcher Thaten sich rühmen kann" — sagte er darin, und er sprach damit aus aller Herzen — „dessen Name steht unvergesslich eingeschrieben im Herzen jedes einzelnen Soldaten, und jeder einzelne wird angeeifert, dem glänzenden Beispiele aller militärischen Tugenden nachzustreben, mit welchen Eure k. und k. Hoheit uns allen voranleuchten."

Tief gerührt beantwortete der greise Heerführer die Ansprache mit folgenden denkwürdigen Worten:

„Noch tief ergriffen durch die mir heute in überreichem Maße gewordenen Beweise kaiserlicher Huld, danke ich herzlich für die im Namen der Gesammt-Kriegsmacht in so beredten Worten mir ausgesprochene Theilnahme.

Die Gnade des allerhöchsten Kriegsherrn gestaltet dieses Jubiläum zu einem Vereinigungstage seiner Generale, zu einem Erinnerungsfeste für uns alte Waffengefährten, geeignet, die jüngeren Kameraden anzueifern, es einst den Veteranen gleichzuthun. Im Feldmarschall ehrt und belohnt Seine Majestät sein ganzes Heer; denn was in dieser langen Periode schwerer Kämpfe und mühevoller Friedensjahre Ruhmvolles geleistet, Nutzbringendes geschaffen wurde, ist das Werk der vereinten Kräfte Aller.

Indem ich die Armee hiezu beglückwünsche und für die Mitwirkung an meinem bescheidenen Antheile Ihnen Allen meinen wärmsten Dank ausspreche, wollen wir auch der ruhmreichen Verdienste unserer Vorgänger und Lehrer, so wie jener Kameraden dankbarst gedenken, welche bereits aus dem Leben geschieden, zum Theil auf dem Felde der Ehre gefallen sind.

Das Heer, die Kriegsmarine und die Landwehren bilden vereint den Hort und die Hoffnung der österreichisch-ungarischen Monarchie, den Stolz aller ihrer Völker.

Durch unsere Hände geht die waffenfähige Jugend. Die Jahrhunderte alten glorreichen Traditionen und Soldatentugenden der Armee auf sie zu übertragen, die patriotische Anhänglichkeit an Seine Majestät und das Herrscherhaus, das Gefühl der gemeinschaftlichen Pflicht zur Vertheidigung des Gesammtvaterlandes zu festigen, den Geist der Treue, Tapferkeit, Disciplin und Opferfreudigkeit ihr einzuimpfen, bleibe wie bisher unsere Aufgabe, damit, was auch die Zukunft bringen möge, unser allgeliebter Allerhöchster Kriegsherr stets auf uns zählen und auf den Ruhm Seiner Fahnen, auf die bewährte Tapferkeit Seiner Völker mit Gottes Hilfe vertrauen könne.

Gott erhalte und beschütze Seine k. u. k. Apostolische Majestät!"

Deputationen beider Häuser des österreichischen Reichsrathes und der Bürgermeister von Wien erschienen ebenfalls, um dem großen Feldherrn und hochherzigen Prinzen die ehrerbietigsten Glückwünsche darzubringen. Eine Festsoirée bei dem Erzherzog-Jubilar und ein großer musikalischer Zapfenstreich der Wiener Garnison vor dem erzherzoglichen Palais beschloss die Feier des 25. April. Am nächsten Tage wurden die Festlichkeiten durch eine glänzende Truppenparade auf der Schmelz eröffnet, welcher nachmittags ein Galadiner im Ceremoniensaale der Hofburg folgte, an dem Se. Majestät der Kaiser, der durchlauchtigste Herr Erzherzog-Jubilar und andere Mitglieder des Allerhöchsten Kaiserhauses, alle Corps-Commandanten, die in Wien anwesenden activen Generale und Ritter des Maria Theresien-Ordens, die fremdländischen Militär-Attachées, die Officiers-Deputationen u. A. theilnahmen. Während des Diners brachte Se. Majestät der Kaiser folgenden Toast aus:

„Dankerfüllten Herzens blicken wir heute auf eine selten lange Reihe dem Wohle und dem Ruhme der Armee geweihter Dienstjahre zurück. Und so gebe Ich den Gefühlen aller Mitglieder Meiner bewaffneten Macht Ausdruck, indem Ich mit dem innigen Wunsche, dass Gott uns den Erzherzog Albrecht noch viele Jahre erhalte, ausrufe: unser hochverehrter, unser geliebter Feldmarschall lebe hoch!!!"

Diesen kaiserlichen Toast erwiderte der Gefeierte mit thränenerstickter Stimme:

„Auf das tiefste gerührt durch die vielen mir gewordenen Gnadenbezeugungen, erlauben Ew. Majestät, meinen ehrerbietigsten Dank in die wenigen Worte zusammenzufassen: Was Allerhöchstihre Kriegsmacht heute ist, verdankt sie nur der unablässigen väterlichen Fürsorge ihres erhabenen Kriegsherrn, der Güte des innigstgeliebten Monarchen. Dankerfüllt rufen wir im Namen aller Soldaten: Se. Majestät, unser allergnädigster Herr lebe hoch!!!"

Mit Begeisterung sah die Armee bei der Enthüllung des Radetzky-Denkmals in Wien den ruhmreichsten Veteranen aus des Heldenmarschalls großer Zeit, den Manen des Verewigten den Tribut treuer Bewunderung darbringen. Er war ja die Seele des Denkmals-Comités; sein innigster Herzenswunsch war es, dass sich seinem großen, unsterblichen Kriegsmeister in der Metropole des Reiches ein würdiges Standbild erheben und um dieses prangende Monument noch einmal Alle versammeln möchten, welche dem Helden-Marschall selbst ins Auge geblickt, unter seiner siegreichen Führung für Kaiser und Vaterland gefochten hatten. FM. Erzherzog Albrecht präsidierte den Sitzungen des Denkmal-Comités. Die glühendste, treueste Begeisterung für sein leuchtendes Vorbild Radetzky sprach aus jedem seiner Worte, und freudig öffnete er selbst seine Börse, um reiche Mittel in den Dienst jenes patriotischen Werkes zu stellen.

Der Erzherzog als Wohlthäter.

Ja, wo hätte er auch gerechnet, wenn es für sein Österreich, für seine Heeresfamilie zu opfern galt! Da pries er den guten Gott, der ihn reich gemacht hatte zum Segen für Andere. Und seine Soldatenfamilie hatte viele Köpfe; dass es an Bedrängten und Bedürftigen niemals fehle, dafür sorgte der Ernst oder der Leichtsinn des Lebens, dafür sorgte das Unglück oder die Liebe. Wer zählte die offenen oder verschämten Bitten und Bittgesuche, die dringenden Fürbitten, welche alltäglich in den Palast des Erzherzog-Feldmarschalls flatterten? Der flotte Lieutenant, der mit seinem Lebensschifflein frühzeitig an eine böse Klippe getrieben war und zu scheitern drohte, und der Invalide, den die Wogen dieses elenden Daseins gar nicht mehr tragen wollten, der mit vollem Herzen und leerer Börse um sein Bräutchen ringende Officier und die mit den Sorgen der Armuth ringende Witwe — sie Alle waren unter des Erzherzogs Clientel. Er war ihr letzter Rettungsanker, an den sie sich festklammerten, und der willensstarke Feldherr besaß selten die Kraft, mit dem Munde oder der Feder Nein zu sagen, wenn sein Herz ein dringendes Ja sprach. Aber erfahren durfte man nichts davon; das war die strenge Bedingung seiner Großmuth. Und man erfuhr es doch, wenn auch nur in jenen Kreisen, welche so erhebende Beispiele zur herzhaften Nacheiferung, zum neuen Angriffe gegen die so schwache Veste seines Herzens anregte. Als man unter der werkthätigen und nachdrücklichen Patronanz des Erzherzogs das Wiener Radetzky-Denkmal errichtete, da meldeten nicht weniger als 8000 Veteranen aus des Helden-Marschalls Zeiten ihre Namen an, und gar manche von ihnen paarten ihre Pietät mit schüchternen Ansprüchen an den Denkmalsfonds, gar manche mussten mit einer Gabe rechnen, wenn sie die weite Reise in die Residenz wagen und den Aufenthalt daselbst bestreiten sollten. Man gab und gab immer wieder, wie es der Erzherzog wollte; als aber endlich die Attaken gegen den Fonds gar zu fühlbar wurden, erhob man ehrfurchtsvolle Bedenken gegen diese grenzenlose Freigebigkeit. „Ja, wozu wäre denn mein Vermögen da?" meinte begütigend der Erzherzog. „Nehmen Sie von mir, was Sie brauchen, aber sagen Sie nichts davon, dass man nichts erfährt!"

So gab Erzherzog Albrecht. Die Linke durfte nicht wissen, was die Rechte that; er hasste den Posaunenton der öffentlichen Wohlthätigkeit. Und deshalb wussten so wenige, welch' unerschöpflichen, nie versiegenden Quell des Wohlthuns dieses Goldherz bedeutete, welche nie gezählte Summen aus seinen Palästen nach allen Gauen der Monarchie flossen, wie viele hoffnungsvolle Existenzen und Carrièren dieses herzogliche Vermögen gerettet, wie viele Glückliche es geschaffen, wie viele Unglückliche es vor der Verzweiflung bewahrt hat. Man las ja seinen Namen selten auf den allsichtbaren Listen der Barmherzigkeit; man nannte und pries ihn nicht auf allen Gassen; denn die Zahllosen, welche seine Wohlthaten genossen, trugen ihr Leid und ihre Sorge verschwiegen im Busen oder in ihrer Kammer, sie prangten wohl auch in der Öffentlichkeit mit einem klangvollen Namen und verriethen nicht, wer dieses Namens Klang zu erhalten half. Und wie gerne gab der Erzherzog, wenn die Witwe oder Waise eines alten „Kriegskameraden" an seine Pforte pochte; sein wunderbares Gedächtnis betrog ihn nie, der tapfere Corporal war ihm ebenso theuer wie der treffliche General. Er achtete den Soldaten in diesem wie in jenem, und er vergass keines Mannes, den ihm eine brave That empfohlen hatte. Diesen Geist, dieses Herz hatte er von seinem Vater geerbt, und er vererbte ihn wieder den Kindern seines geliebten Bruders Karl Ferdinand mit seinem flammenden Eifer im Dienste, mit seiner aufopfernden Pflichttreue. Und so verwaltete Erzherzog Albrecht das reiche Erbe, das er von seinen Ahnen übernommen hatte. So machte er die irdischen Güter, die in seine Hand gegeben waren, zum Segen für Tausende und Abertausende, so stellte er sein Vermögen in den Dienst des Staates und begehrte dafür nicht den lauten, lobpreisenden Dank, den Posaunenton der öffentlichen Bewunderung. Er war edel und großmüthig und fand den Lohn dafür in seinem eigenen Herzen, in dem Bewusstsein der guten That und ihrer guten Wirkung.

Der Erzherzog-Feldmarschall sorgte in wahrhaft väterlicher Weise für die Angehörigen des Heeres; reiche Stiftungen, die er in's Leben rief, beweisen dies, und werden es auch in kommenden Zeiten künden. Im Jahre 1869 schuf er den „Albrecht-Fonds", den er in munificentester Weise ausstattete. Dieser Fonds hat die Bestimmung, Officieren der Armee unverzinsliche Darlehen zu gewähren. Wie aus dem letzten Rechenschaftsberichte hervorgeht, beträgt der Vermögensstand der Stiftung gegenwärtig 1,606.695 fl. 75 kr. Bisher wurden im Ganzen aus dem Fonds 29.581 Vorschüsse in der Gesammthöhe von 5.234 Millionen Gulden bezogen. Wer die Verhältnisse kennt, unter denen sich Officiere früher Darlehen zu verschaffen genöthigt waren, ermisst vollkommen und tief-dankbar die Bedeutung der segensreich wirkenden Stiftung des hochherzigen Marschalls.

Als im August 1894 das seinen Namen führende 44. Infanterie-Regiment im Lager von Pilis-Csaba das Jubiläum seines 150jährigen Bestandes begieng, sandte der Erzherzog-Feldmarschall, durch Kränklichkeit dem schönen Feste ferngehalten, den GM. Schönaich als seinen Vertreter dahin und entbot dem tapferen Regimente seinen Gruss und die väterliche Mahnung, in unerschütterlicher Hingebung für den Allerhöchsten Kriegsherrn Soldatentreue und Soldatentugenden in seinen Reihen zu pflegen und zu erhalten und sich so der Vergangenheit des Regimentes würdig zu zeigen. Gleichzeitig errichtete der erlauchte Inhaber aber auch eine munificente Jubiläums-Stiftung mit einem Capitale von 60,000 Kronen, und zwar 30,000 Kr. für das Officierscorps, 30,000 Kr. für die Unterofficiere. Die Zinsen der ersten Hälfte sollen für die Erhaltung der Officiers-Menage und zur Erleichterung der Beiträge für die Regimentsmusik und Bibliothek, die Zinsen der zweiten Hälfte zur jährlichen Betheilung zwölf activer braver Unterofficiere verwendet werden. Eine ähnliche Stiftung widmete er auch dem Dragoner-Regiment Kaiser Ferdinand Nr. 4, dessen Inhaber er war, in welchem er den praktischen Reiterdienst erlernt hatte. Im

Jänner 1895 widmete der Erzherzog-Feldmarschall ferner „als Beweis höchstseiner Fürsorge für das Corps-Artillerie-Regiment Nr. 5" ein unantastbares Capital von 30.000 Kronen, von dessen Erträgnisse die eine Hälfte für gemeinnützige Zwecke des Officierscorps, die zweite Hälfte zur Vertheilung an sechs active, älter gediente, brave Unterofficiere dieses Regiments, welche sich bei der Ausbildung der Mannschaft hervorgethan haben, bestimmt ist.

Erzherzog Albrecht als Schriftsteller.

Nicht minder kostbare Widmungen aber bedeuteten die Schriften, welche aus des Erzherzogs Feder geflossen sind, um in bedeutsamen Momenten seinen militär-politischen, reorganisatorischen Ideen Ausdruck zu geben. Seine, „allen Patrioten Gesammt-Österreichs" gewidmete Schrift: „Wie soll Österreichs Heer reorganisiert werden?", welche 1868 erschien, und die ein Jahr später veröffentlichte Schrift „Über die Verantwortlichkeit im Kriege" erregten, obgleich der Name des hohen Verfassers nicht genannt war, sondern nur errathen wurde, gerechtes Aufsehen. Wenn der Erzherzog in der letzteren Schrift den Satz niederschrieb: „Zur Erfüllung der Feldherrn-Aufgabe gehört vor allem ein hoher Grad von Selbstbeherrschung und eine bis zur Selbstaufopferung gesteigerte edle Hingebung", so hat er damit seiner eigenen, wahrhaft bethätigten Auffassung seiner hohen Mission Ausdruck gegeben. Und wie geistvoll, wie schlagend motivierte er in derselben Schrift die Nothwendigkeit einer gemeinsamen, über die einheitliche Ausbildung des Heeres wachenden, mit großen Vollmachten ausgestatteten Oberbehörde! „..... Nach den Katastrophen von Marengo und Hohenlinden übernahm Erzherzog Karl mit fast unbeschränkten Vollmachten die Reorganisation der Armee. In der kurzen Zeit von zweieinhalb Jahren geschah Außerordentliches; seine Gegenvorstellungen, dass die Armee noch nicht fertig sei, konnten den Coalitionsfeldzug von 1805 weder verhindern, noch auch verzögern, welcher zu dem Wendepunkte von Ulm und Austerlitz führte, während der Erzherzog einen schönen Sieg auf dem secundären italienischen Kriegsschauplatze erfocht. Von neuem wurde die Reorganisation der Armee von Erzherzog Karl in

Angriff genommen und trotz größerer Schwierigkeiten und Hemmnisse durchgeführt, neue Reglements gegeben, die Landwehr errichtet u. s. w. Nach drei Jahren wurde wieder gegen die Ansicht des Erzherzogs zum Kriege geschritten, der zwar den Ruhm der Armee und ihres Führers erhöhte, aber verderblich für die Monarchie endete. Beide Male war die Frist zur Vorbereitung und Organisation zu kurz . . ." *)

Ein unschätzbares Glück für Österreich-Ungarn, dass dem Erzherzog-Feldmarschall jene — mehr moralische als materielle — Macht eingeräumt wurde! Niemand aber hätte wohl diese Macht in so hohem und uneingeschränktem Maße zu behaupten gewusst, als dieser erlauchte Spross des Kaiserhauses, den die Glorie herrlicher Siege umstrahlte, der eine große Tradition bedeutete, dessen erhabene Person an und für sich schon ein kostbares Besitzthum der Armee war. Erzherzog Albrecht war nicht nur der berufene Heerführer, er war auch der natürliche Mittelpunkt des k. u. k. Heeres, um welchen sich willig Generale, Officiere und Soldaten scharten.

* * *

Nicht die Angelegenheiten der Armee allein aber fesselten des Erzherzog-Feldmarschalls Aufmerksamkeit. Mit scharfem Blick verfolgte er alle literarischen Erscheinungen von Bedeutung, er las sie entweder selbst oder ließ sie durch die Herren seiner Suite, zumeist GM. Schönaich, in den reichbemessenen Stunden der Lecture vorlesen. Seine Augen versagten eben den Dienst. Seine scharfe Brille schien untrennbar von seiner ganzen persönlichen Erscheinung. Aber trotz dieser Bewaffnung sah der Erzherzog noch immer herzlich schlecht. Er trat knapp vor die Person, die er seiner Ansprache würdigte, und fasste sie scharf ins Auge. Diese für den ersten Moment frappierende Nähe gestattete aber auch, die liebenswürdige Persönlichkeit des Feldherrn selbst ins Auge zu fassen. In dem kurzen, lichtgrauen Generals-Commoderock, ohne jedes äußere Zeichen seines hohen Ranges, übte der Erzherzog gleichwohl einen fesselnden Eindruck. Und wenn er zu sprechen begann, dann schien sich auch

---

*) Aus den Erfahrungen des deutsch-französischen Krieges vom Jahre 1870 zog der Erzherzog praktische Lehren in dem Werke „Das Jahr 1870 und die Wehrkraft der Monarchie."

sein kurzsichtiges Auge zu beleben, zu entflammen; man fühlte sich unter dem Zauber der Individualität. Wie klar und lichtvoll war jedes Wort, jeder Gedanke, ob er einem rein militärischen oder allgemeinem Gesprächsstoffe galt! Wie klar sah er in der Politik, wie erfasste er alle Wirren und Gefahren und wie besorgt wog er ihren Einfluss auf sein kostbarstes Gut, auf die geliebte Armee. Fern war ihm jedes Vorurtheil, fern jede vorgefasste Meinung, namentlich in persönlichen Angelegenheiten, jede Regung des Übelwollens oder der Missgunst. Man weiß, mit welch dankbarer, begeisterter Anerkennung er seiner Mitarbeiter an den großen Thaten des Jahres 1866 gedachte; das Tapferkeitszeugnis, das er seinem Generalstabchef Baron John zur Erlangung des Theresien-Ordens-Commandeurkreuzes ausstellte, bedeutet allein ein glänzendes Zeugnis der eigenen Selbstlosigkeit, musste er doch von seinem Allerhöchsten Kriegsherrn nahezu gezwungen werden, sich selbst um das Großkreuz des Feldherrn zu bewerben! Und so hielt er es in der freudigen, rückhaltlosen Anerkennung jener Männer, welche, ihm harmonisch verbunden, bis zu seinem Tode mit ihm an dem Wohle und Gedeihen der Heeresfamilie arbeiteten. Diese Familie war ja — unbeschadet der innigen, väterlichen Gefühle, die ihn seinen Verwandten verknüpfte — seine eigene geworden. Der Dienst seines geliebten Kaisers und das rastlose Walten in diesem Dienste hob ihn über die trüben Erfahrungen eines Lebens der Prüfungen und schweren Schicksalsschläge empor. Er machte sein glanzvolles aber verödetes Heim zu einer Stätte emsigen Schaffens; er suchte und fand nicht den lärmenden Beifall der Menge, aber er erntete an seines Lebens Abende die Bewunberung ernster, weiser Männer des Auslandes, und sein eigenes Herz, sein eigenes Wissen musste ihm die tröstende Wahrheit sagen: Du hast gelebt und gerungen, nicht für Dich, aber für dein Vaterland, für alle die ungezählten Kinder im Soldatenrocke, denen ein zweiter Vater gestorben ist im Fürstenpalaste zu Arco.

Die letzten Jahre.

Ja, gerade die letzten Jahre seines Lebens brachten unserem greisen Feldherrn die freudige Überzeugung, dass die von ihm gestreute und gehegte Saat üppig emporsprieße und köstliche Früchte zeitige.

Die bosnische Occupations-Campagne hat dem unter Albrechts energischer und entscheidender Mitwirkung wiedergeborenen, auf neue Grundlagen hergestellten Heere die Feuertaufe gebracht, und der Herr Erzherzog-Feldmarschall hat sich in späterer Friedenszeit in den occupierten Provinzen selbst von den Wunderwerken überzeugt, welche unsere Armee dort mit den Waffen und der arbeitenden Hand verrichtet hat.

Die Kaisermanöver der letzten Jahre, von dem Erzherzog-Feldmarschall weise und fürsorglich vorbereitet und ausgezeichnet geleitet, haben unserer Armee ihr altes Ansehen auch im Auslande zurückerobert. Erzherzog Albrecht und der Chef des Generalstabes, FZM. Friedrich Freiherr von Beck, der stets in inniger Harmonie mit dem Feldmarschall waltete, waren die Seele dieser großartigen Übungen, und hervorragende Generale, unter ihnen in erster Reihe FZM. Freiherr von Schönfeld, der in den letzten Lebensmonaten an des General-Inspectors Seite treten durfte, erhielten in diesen Jahren volle Gelegenheit, ihr imponierendes Können zu entfalten. Wilhelm II., deutscher Kaiser und König von Preußen, und König Albert von Sachsen, waren wiederholt die Gäste unseres Kaisers und Allerhöchsten Kriegsherrn bei diesen militärischen Übungen großen Styls. Die Zufriedenheit, das beglückende Lob des geliebten Monarchen, der an den Feldherrn die Generale und das Heer gerichtete Dank des Kaisers waren der Truppen reicher Lohn; aber auch die erhabenen Gäste des Kaisers beeiferten sich, ihrer Bewunderung und Anerkennung für unsere Armee in begeisterter Weise Ausdruck zu geben, und die preußische Presse war einmüthig in dem Ruhme unserer Truppen und unserer Führer.

„Wenn auch weit über die Grenzen des benachbarten Reiches hinaus die Bedeutung dieses Heerführers bekannt und gewürdigt ist," so schilderte der hervorragende militärische Kritiker der „Kreuz-Ztg." den Erzherzog-Feldmarschall, „so möchte doch noch besonders hervorgehoben werden, dass der Erzherzog in erster Linie es war, der dem sich immer mehr entwickelnden und schließlich zur Vollendung sich ausdehnenden neueren Systeme Bahn gebrochen hat, dabei dem Grundgedanken beharrlich treubleibend: Nicht nur theoretisch lernen, sondern auch praktisch üben! Aber der Erzherzog erkannte zugleich, dass seit

Feldmarschall Erzherzog Albrecht auf dem Manöverfelde.

der durchgreifenden Umgestaltung der bewaffneten Mächte, durch Einführung der allgemeinen Wehrpflicht, durch Aufgebot der Massenheere, durch die radicale Umgestaltung der Waffen und dadurch der Kampfweise, **unaufhörliche Übung, subtile Schulung und Selbstzucht**, das Abmessen der Spannkraft und dergleichen mehr nöthiger sei. Er selbst scheute keine Anstrengung geistiger oder leiblicher Art. Selbst bei seinem immerhin vorgerückten Lebensalter sieht man ihn immer dort, wo es sorgsam zu beobachten, scharf zu ergründen und im Widerspruche der Meinungen mit reifem Urtheile zu entscheiden gilt. Der Gedanke der äußersten militärischen Vervollkommnung der Armee verlässt ihn keinen Augenblick. Er hält, wie jeder tüchtige Soldat, an dem Bestehenden und Bewährten fest; aber er besitzt die volle Elasticität und die frische Entschlusskraft, auch jeder wohlberechtigten und **gereiften** Entwicklung Raum zu schaffen. Seine Vorschläge knüpfen immer, wie es sein soll und wie es echt conservativ ist, das Neue organisch an das Alte an. Dazu kommt noch, dass die Art, wie der Erzherzog mit den Führern und Stäben, besonders bei den Manövern, verkehrt, die Sache außerordentlich fördert. Der im wahren Sinne fürstliche Haushalt und die fast unbeschränkte Gastlichkeit darin gereicht nicht nur der Umgebung persönlich zum Vortheil, sondern ermöglicht auch die oft bis an die äußerste Grenze gesteckte, anstrengende geistige Thätigkeit der Mitglieder der Stäbe, die dadurch persönlicher Sorgen gänzlich enthoben sind. Alle diese Ursachen zusammen wirken dahin, dass man im Interesse der österreichisch-ungarischen Armee, sowie aus schwerwiegenden Ursachen wünschen muss, dass die Vorsehung **dem großen und allverehrten Vorbilde soldatischer Größe** noch eine lange Dauer des Wirkens bestimmen möge . . ."

Erzherzog Albrecht als preussischer Feldmarschall.

Als eine Auszeichnung für unsere ganze Armee empfand man es in Österreich-Ungarn, als Kaiser Wilhelm II., ein gerechter Schätzer wahren Soldatensinns und wahrer Soldatentugend, der treue und warme Freund unseres geliebten Kaisers und unseres Reiches, den siegreichen Heerführer der dem deutschen Heere waffenbrüderlich verbundenen österreichisch-ungarischen Armee am 27. September 1893 zum preußischen General-Feldmarschall ernannte und ihn bei seinem Besuche in Berlin mit liebevoller Aufmerksamkeit und Auszeichnung überhäufte. Kaiser Wilhelm II. hatte das dem deutschen verbündete k. u. k. Heer wiederholt an der Arbeit gesehen; er hatte mit freudigen Gefühlen die Güte dieser militärischen Arbeit bewundert und mit Stolz im Waffenrock des österreichischen Kriegers an der Spitze unserer Colonnen deren Tüchtigkeit und frischen Soldatensinn erfahren.

Wenn der deutsche Kaiser nun den ruhmreichen Feldherrn dieser Truppen mit dem höchsten Range seiner eigenen Armee bekleidete, mit demselben Range, den Preußens höchste Helden und Heerführer auf dem Siegesfelde erworben, so knüpfte er an die nie vergessenen großen Traditionen österreichisch-preußischer Waffenbrüderschaft, österreichisch-deutscher Gemeinsamkeit in Kampf und Sieg an, zu deren Trägern Erzherzog Albrecht selbst gezählt werden konnte. Diese Traditionen wurden wieder lebendig bei dem Erscheinen unseres siegreichen Erzherzogs in Berlin. Wie sein Besuch am Hofe des edlen Sachsenkönigs der beredteste und überzeugendste Ausdruck der innigen Bande war, welche Österreich und Sachsen umschlingen, wie er damals von seinem Kaiser gesandt war, als Feldherr dem Feldherrn, als Held dem Helden Albert von Sachsen die Huldigung unserer ganzen Wehrmacht darzubringen, so erschien er in Berlin als der vornehmste Repräsentant der österreichisch-ungarischen Armee, als der geliebte Führer dieses Heeres, das die Ernennung seines Feldmarschalls zur gleichen preußischen Würde, als erhebenden Ausdruck waffenbrüderlicher Gesinnung des deutschen Reichsoberhauptes dankbar erkannte. Wenn Kaiser Wilhelm in seine rastlos schaffende Soldatenhand nun auch den preußischen Marschallstab legte, so bezeugte er damit vor aller Welt, wie groß und würdig er den Erzherzog der erhabenen Aufgabe hielt, die ihm der kaiserliche Kriegsherr anvertraut hatte. Gerade die Seltenheit einer solchen Auszeichnung erhöhte ihre Bedeutung; es gab keinen Act kaiserlichen Hochsinns, welcher deutlicher die Innigkeit der Beziehungen zwischen der Monarchie, den Heeren und Völkern der beiden Reiche bezeugen könnte. So fasste man die Auszeichnung des erzherzoglichen Feldherrn und seinen an Ovationen reichen Besuch in Berlin auf. Die Sympathien unserer in ihrem erlauchten Heerführer geehrten Armee, die Sympathien Österreich-Ungarns für das engverbündete Reich und dessen thatkräftigen, warmherzigen Kaiser begleiteten ihn in die deutsche Metropole; er war die Verkörperung der Bundesfreundschaft, der Waffenbrüderschaft beider Reiche!

Am 28. December 1893 überreichte eine, von dem Commandeur des 8. preußischen Armeecorps, General Freiherr von Loë, geführte Deputation dem Erzherzog den kostbaren Marschallsstab — er wird ein immerwährendes Symbol jener waffenbrüderlichen Gesinnung für das deutsche Heer sein, die in unserem und Preußens Feldmarschall verkörpert war. Unvergessen aber wird in unserem Heere auch der folgende

Armeebefehl des deutschen Kaisers

sein, welcher am 18. Februar 1895 der Trauer um den dahingeschiedenen Feldmarschall erhebenden Ausdruck gab und den Kaiser ebenso ehrte wie den verewigten Erzherzog:

„Mein Heer hat mit mir einen neuen schweren Verlust zu beklagen. Aus der Zahl seiner General-Feldmarschälle schied durch den Tod zu meinem großen Schmerze **mein treuer Freund, Se. k. und k. Hoheit Erzherzog Albrecht von Österreich**, Chef des zweiten ostpreußischen Grenadier-Regimentes König Friedrich Wilhelm I. Nr. 3.

Mit ihm ist ein ruhmreicher, auf vielen Schlachtfeldern erprobter Führer und Held, **ein leuchtendes Vorbild aller soldatischen Tugenden, ein treuer Pfleger der Waffenbrüderschaft zwischen der österreichisch-ungarischen und meiner Armee** dahingegangen, **den wir mit Stolz zu den Unsrigen zählen durften**.

Um das Andenken des Verewigten zu ehren, bestimme ich hiedurch, dass sämmtliche Officiere der Armee drei Tage, die Officiere des vorgenannten Regimentes, dessen Chef der General-Feldmarschall fast 36 Jahre gewesen, acht Tage Trauer — Flor am linken Arm — anlegen. Außerdem hat eine Abordnung des Regimentes, bestehend aus dem Commandeur, einem Stabsofficier, einem Hauptmann und einem Lieutenant, an den Beisetzungsfeierlichkeiten theilzunehmen.

Ich beauftrage Sie, Vorstehendes der Armee bekannt zu machen.

Berlin, 18. Februar 1895.

Wilhelm"

An den Kriegsminister.

Und den größten, den imponierendsten Beweis seiner ehrenden Gefühle für unseren großen Todten gibt Kaiser Wilhelm durch seine persönliche Anwesenheit bei der Leichenfeier in Wien. Kaum von einem Unwohlsein hergestellt, trat er die Reise nach Wien an, um gegenwärtig zu sein bei dem letzten Gange des dahingeschiedenen General-Feldmarschalls. Dieser hehre Act der Pietät ist im k. u. k. Heere, im Volke mit tiefer Rührung und herzlichem Danke begrüßt worden. So ehrt ein wahrer Soldat und Kriegsherr einen treuen heldenmüthigen Soldaten, den ruhmreichen Feldherrn der dem deutschen Heere waffenbrüderlich verbundenen Armee.

Die Krankheit.

Noch einmal, bei den großen Manövern an der böhmisch-mährischen Grenze sah man den Erzherzog-Feldmarschall an der Spitze des Heeres. Ein schwerer Schlag hatte ihn getroffen, der jähe Verlust seines einzigen noch lebenden Bruders, des unvergesslichen Generalinspectors unserer Artillerie FZM. Erzherzog Wilhelm, hatte ihn tief gebeugt und erschüttert — es war eine harte Prüfung für den edlen Herrn.

Schon zur Zeit dieser Katastrophe war das Befinden des Feldmarschalls durchaus nicht gut; der fürsorgliche Leibarzt Stabarzt Dr. v. Huebel musste sich entschieden dagegen wehren, dass Erzherzog Albrecht, wie er sehnlichst wünschte, dem Leichenbegängnisse anwohne. Trotzdem hoffte man von der eisernen Natur des greisen Feldherrn, die schon so oft „Unmögliches" geleistet und ertragen hatte, neue Wunder. Und die Theilnahme des Erzherzogs an den großen Kaiser-Manövern an der böhmisch-mährischen Grenze bedeutete in der That ein solches Wunder. Der Erzherzog war wieder wie zu allen Zeiten unermüdlich; er verfolgte jedes Detail und übte jene klare und lichtvolle Kritik, die man aus seinem

Munde zu hören gewohnt war. Seither musste sich der greise Erzherzog allerdings Schonung auferlegen, was seinem regen Geiste und Pflichtgefühle schwer genug fiel. War er doch gewohnt, seine Inspicierungen auf alle Gaue der Monarchie, auf deren fernste Garnisonen auszudehnen, um stets im Klaren über die militärische Ausbildung und die Schlagfertigkeit aller Heerestheile zu sein. Trotz der ihm aufgezwungenen Ruhe aber blieb der Erzerzog im innigsten Contacte mit der Armee; der ihm seit Jahren zugetheilte, durch ausserordentliche Sachkenntnis hervorragende Generalmajor Schönaich, der des Feldmarschalls besonderes und gerechtes Vertrauen besaß, machte wiederholt den Weg nach Arco, um dem Generalinspector des k. u. k. Heeres genau über alle militärischen Vorkommnisse und Dienstesangelegenheiten zu berichten, und gerade in der letzten Zeit hätte auch der dem Feldmarschall zur Disposition gestellte Feldzeugmeister Freiherr v. Schönfeld, der ihm bestimmte Gehilfe in seiner verantwortungsreichen, umfassenden Arbeit in Arco erscheinen sollen.

Aber die katarrhalischen Affectionen wiederholten sich, die pietätvolle Theilnahme des Erzherzogs an dem Leichenbegängnis seines tiefbeklagten Freundes, des Königs beider Sicilien, legten den Keim zu jener Krankheit, einer acuten Lungenentzündung, welcher er erliegen musste. Angstvoll, in banger Sorge richteten sich aller Österreicher Blicke in jenen Tagen nach Arco, wo der unbesiegte Feldherr den schwersten Kampf, den Kampf mit dem Tode, kämpfte. Die Theueren seiner engeren Familie versammelten sich um den geliebten Vater, Großvater und Oheim. Die treuen Mitglieder seines Hofstaates, G. d. C. Baron Piret, sein Mitkämpfer von Custoza und GM. Schönaich an der Spitze, waren nebst den berühmtesten Ärzten am Krankenlager, und beinahe schien es am 16. Februar morgens, als sollte die Kraft des Lebens stärker sein als die Drohungen des Todes. Aber es waren trügerische Hoffnungen. Gefasst, ja frischen Geistes und hoffnungsfroh blickte nur der erlauchte Patient der düsteren Zukunft entgegen. Das Schwerste wähnte er überstanden, nach der Arbeit verlangte er, die sich während seines Leidens angesammelt hätte; die Ruhe, die ihm der schwache Körper aufzwang, schien ihm Verbrechen an seiner gewohnten Pflicht. Und der Empfang der heiligen Sacramente bedeutete ihm keine Schrecknis; er ersehnte ihn gläubigen, andächtigen Sinnes. Sein letzter Gedanke schien sein geliebter kaiserlicher Neffe, sein allerhöchster Kriegsherr, dem er all seine Kraft, seines Geistes kostbares Schaffen geweiht hatte. Und ferne an der französischen Riviera rüstete Franz Joseph I. zur Reise, um noch einmal in das Antlitz des Theueren, seines ersten, ruhmreichsten Soldaten zu blicken. Kurze Tage der Ruhe nur waren dem Kaiser beschieden an der Seite seiner kaiserlichen Gemalin auf Cap Saint Martin; ein trauervoller Ruf entführte ihn rasch der paradiesischen Küste. Aber noch ehe der Monarch den Boden Frankreichs verlassen hatte — Montag, den 18. Februar 1895, 1 Uhr mittags — hatte Feldmarschall Erzherzog Albrecht von Österreich in Arco ausgerungen.

Dieser edle Fürst der Arbeit, dieser ruhmreiche Sieger und väterliche Führer unseres Heeres, ist zu seinen Vätern versammelt worden, der besten und größten Einer aus Habsburgs glorreichem Herrscherstamme! Er ist dahingegangen am Spätabende seines dem Guten und Erhabenen geweihten, von herrlichen Erfolgen gekrönten Lebens. Wir empfinden tief des unersetzlichen Verlustes Schwere; wir empfinden sie umso tiefer, je lebhafter uns des verewigten Erzherzogs Bild und Wirken gegenwärtig wird. Aber uns tröstet der Gedanke, dass des Himmels reicher Segen den seiner Gnade würdigen Prinzen bis an des Lebens Ausgang begleitet, dass ihn der Ewige zu sich genommen hat im ungetrübten Glanze seiner Thaten, dass er ihm ein sanftes, seliges Ende bereitet hat auf dieser Erde.

Niebesiegt, umkränzt mit niemals welkendem Lorbeer, geliebt von Allen, die ihn umgaben und sein reiches Wirken zu erkennen wussten, ergeben in den Willen Gottes, dem er stets mit tiefinnerlicher Andacht diente, so schied Feldmarschall Erzherzog Albrecht von dieser Erde. Wie schön sagte doch sein unsterblicher Vater in jenen „Betrachtungen über den Tod", die er seinen Kindern als Vermächtnis hinterlassen hat:

„Was ist der Tod?" — „Die Trennung der Seele von dem Körper, von dem Werkzeug, durch welches sie Eindrücke auffasst und auf die Außenwelt wirkt. Hart quält Viele der letzte Kampf mit dem Leben. Doch blicket hin auf die Zukunft. Euer harrt dort ein höheres Leben. Der Tod ist der Abschied von einem gewohnten baufälligen Hause, um in die Wohnung der Seligen einzugehen. Innig verwebte Gott mit unserem Dasein das Bedürfnis, zu glauben, zu hoffen, zu lieben. Der Mensch vermag nicht aus eigener Kraft zur Klarheit und Bestimmtheit zu kommen. Doch der Herr ergänzt diesen Mangel durch die Offenbarung. Unverhüllt entwickelt sie vor unseren Augen das Unermessliche in der Form, wie wir es aufzufassen und zu glauben haben, gibt unserer Vernunft den Ruhepunkt, den sie in ihrer eigenen Schwäche vermisst, gibt uns Gewissheit über Pflicht, Recht und Erwartung, tröstet uns stärkend durch unbegrenzte Hoffnung und entzündet in unserem Herzen jene himmlische Flamme, welche uns hinaufzieht zu dem unendlich Liebenswürdigen, zu unserem höchsten Wohlthäter . . . ." Aus dem reinen, frischen Glaubensquell schöpfte Erzherzog Karl nie versagenden Todesmuth; aus demselben Gottesquell schöpfte sein würdiger Sohn Albrecht, die Kraft edel zu leben, sanft zu sterben.

Und war es ein bloßer Zufall, dass gerade diese Betrachtungen seines erlauchten Vaters das letzte der Werke war, welche zu des würdigen Sohnes Lebzeiten durch seinen pietätvollen Eifer der Allgemeinheit vermittelt wurden? Als dieses Buch an die Öffentlichkeit trat, rang im tirolischen Süden Albrecht von Österreich, des großen Carl großer Sohn, bereits unbewusst mit dem Tode. Dies Buch war Albrechts letzte Gabe für Österreichs Volk.

Nun tönen die Glocken, nun wehen die düsteren Flaggen, nun kündet man in tausend Zungen den Ruhm des großen Todten. Kein Feind vermag seine Stimme zu erheben an der Bahre dieses fürstlichen Helden. Österreich-Ungarns Völker sprechen durch die Häupter ihrer Parlamente; sie reden die Sprache des trauernden Herzens; freiwillig verzichten die Völker auf fröhliche Feste, freiwillig verwandeln sie in stille Trauer die Zeit rauschender Freude. Das Heer, das ihm einst auf dem Blutfelde von Custoza gegenüber gestanden, es zollt ihm mit warmem Herzenstone den Tribut der Bewunderung.*) Und das eigene Heer, es trauert

---

*) Das italienische Militärblatt „L' Esercito italiano" widmet dem Erzherzog einen überaus warmen Nachruf. Das Blatt schreibt: „Der Erzherzog war nach dem Kaiser in militärischer und politischer Hinsicht die hervorragendste Persönlichkeit Österreichs. In den schwierigsten Augenblicken zeigte er sich als tapferer, thatenmuthiger Mann, als Schutzengel des Reiches. Seiner Umsicht verdankt Österreich den zweiten Sieg bei Custoza. Das offene und rückhaltlose Lob, welches er damals dem Muth und der Beharrlichkeit seiner schlecht geführten

und klagt ernst und erschüttert mit seinem schwer heimgesuchten, vielgeprüften Herrn und Kaiser um den verlorenen Helden und Führer.

Die Kundgebungen des Beileids zu verzeichnen, welche in diesen Tagen aus allen Gauen der Monarchie, aus allen Volks- und Armeekreisen im erzherzoglichen Palaste zu Wien eintrafen, ist nicht Aufgabe dieses Buches. Aber Einer Stimme aus echtem, trauernden Soldatenherzen sei hier Raum gegeben, sie spricht die Gefühle Aller aus; denn mit dem 44. Infanterie-Regiment will jeder Heereskörper seinen Antheil haben an dem glorreichen Namen „Albrecht". Das Beileidsschreiben des 44. Infanterie-Regiment — wir meinen diese Kundgebung einer verwaisten Familie — hat folgenden Wortlaut:

„Tief gebeugt bringt das Regiment seinen aufrichtigen Schmerz über den unerwarteten Tod Sr. k. u. k. Hoheit, unseres unvergesslichen Inhabers zum Ausdrucke. Die vielen Wohlthaten, die Se. k. u. k. Hoheit dem Regimente erwiesen, die unendliche Güte, deren wir theilhaftig wurden, erhöht das bittere Wehgefühl, das jeder Albrechter im Herzen empfindet. Wir werden das Wohlwollen, die Liebe Sr. k. u. k. Hoheit, niemals vergessen und dem stolzen Namen, den für ewige Zeiten zu tragen die Gnade Sr. Majestät uns gewiss zu gestatten geruhen wird, stets Ehre machen.

Fünfkirchen, 19. Februar 1895. Ivinger, Oberst."

Gegner bezeugte, und die bescheidene Art, wie er von dem errungenen Erfolge Kunde gab, bewahren ihm die Sympathien und Achtung ganz Italiens. Schon seit jenem Kriege war er unablässig bemüht, den zwischen den beiden Staaten aufgehäuften Unmuth und Hass zu mindern und jenes Friedenswerk zu fördern, welches seine Krönung in der zwischen Österreich und Italien bestehenden starken und loyalen Freundschaft gefunden hat. Für Erzherzog Albrecht gab es keinen Anlass, seiner freundlichen Gesinnung vollen Ausdruck zu geben, den er unbenützt gelassen hätte, und so viele hervorragende italienische Officiere in Wien geweilt haben, alle heben die Bescheidenheit und liebenswürdige Art des Prinzen und die Wärme, mit welcher er stets der Tapferkeit der Officiere und Soldaten gedacht, rühmend hervor. Sein unglücklicher Gegner La Marmora hat dieses aufrichtige Lob aus seinem eigenen Munde gehört und es that ihm wohl. Was aber während des Feldzuges am meisten hervorleuchtete, war die Genialität, mit welcher der Erzherzog seine geringen Kräfte bis auf den letzten Coëfficienten auszunützen verstand, ebenso weise im Zuwarten, als kühn im Angriff. Sein energisches Vorgehen nach der Donau und sein blitzschnelles Rückkehren nach Italien, als es einen Augenblick schien, dass der Kriegszustand zwischen Österreich und Italien fortdauern sollte, dieses vorzügliche strategische Manöver auf die Entfernung von 100 Kilometern genügt für sich, um dem Sohne des Herrn Erzherzogs Karl unvergänglichen Ruhm zu bewahren."

Die Heimkehr nach Wien.

Ein düsterer, stiller Zug in der Carnevalsnacht! Stumm harren dichte Menschenmassen längs des Weges vom Südbahnhofe zur Burg des todten Erzherzog-Feldmarschalls, den sie vom sonnigen Süden zurückbringen in des Reiches Metropole, damit er eingehe in die Gruft seiner Väter. Man kennt das ernst-einfache Ceremoniell dieser Heimkehr fürstlicher Todter in die Kaisergruft; eben in dieser würdevollen Einfachheit ergreift der Trauerzug mächtig das Herz. Und hier bringen sie Österreich-Ungarns größten Krieger, den Sieger in denkwürdigen Schlachten, den väterlichen Führer unseres Heeres. Man wird sich der Bedeutung dieses Trauerzuges so recht bewusst, wenn man Zeuge ist der erschütternden Feier. In lautloser Stille passiert der Zug die schwach erhellten Straßen der Residenz; des Kaisers erster Obersthofmeister, G. d. C. Prinz Hohenlohe, empfängt den Leichnam des Erzherzog-Feldmarschalls; die Getreuen seines Hofstaates, G. d. C. Baron Piret, die Flügeladjutanten, Majore v. Somogyi und Koller, geleiten ihn, Leibgarden, Savoyen-Dragoner und Compagnien vom Regiment des unsterblichen Helden Carl (Nr. 3) marschieren im Trauerzuge. Und nun wirbeln die Trommeln auf den Hauptwachen der Burg; die Fahne senkt sich, man grüßt den glorreichen Sprossen Habsburgs bei seiner letzten Heimkehr zur kurzen Todtenrast in seiner Väter ehrwürdiger Burg.

Und aus allen Gauen der Monarchie eilen die Vertreter der Armee, der Landwehren, der Kriegsmarine herbei, um dem verewigten Feldmarschall das letzte Geleite zu geben, zur Capuzinergruft. Mit Sr. Majestät, dem tiefgebeugten Haupte unseres Herrscherhauses, vereinigen sich bei dieser düsteren Feier alle Glieder der Dynastie. Sr. Majestät dem deutschen Kaiser aber, welcher persönlich in die Residenz der Habsburger geeilt ist, einen sich die Repräsentanten des russischen Caren (Großfürst Wladimir), des Königs von Italien (Prinz Emanuel von Aosta), des Prinzregenten von Baiern (Prinz Arnulph), der Erb-Großherzog von Baden, Prinz Georg und Johann Georg von Sachsen, der Erb-Großherzog von Luxemburg, Mitglieder der erlauchten Häuser Württemberg, Sachsen-Coburg,

Sachsen-Meiningen; der Generalcapitän Spaniens, Martinez Campos als Bevollmächtiger seiner königlichen Herrin, Deputationen der Armeen Rumäniens und Serbiens und anderer Staaten, um den Manen des Verewigten zu huldigen.

Und Österreich-Ungarns ganze Wehrmacht, Heer, Landwehr und Marine, ist vertreten im Trauerzuge in den Straßen der Residenz. Ein Theresienritter, General der Cav. Baron Appel commandiert, mit ihren Salven leisten die Regimenter des Heeres und unsere militärische Jugend, die Akademien und Cadettenschulen, dem todten Feldmarschall den letzten Gruss. Vor den Denkmalen der Helden Carl und Eugen paradieren deren Regimenter; bald — so hoffen wir — wird des Reiches Haupt- und Residenzstadt des Marschalls Albrecht Standbild zieren.

Und nun öffnet sich der Klosterkirche Pforte, es öffnet sich der Habsburger Gruft; die Fackel erlöscht — nie verlöschen aber wird die Sonne des Ruhmes und der Ehre, die das Haupt dessen umstrahlt, den wir in Liebe und Treue allimmer nennen und preisen werden, das Haupt des Feldherrn und Vaters unseres Heeres:

Albrecht von Österreich!

Der Armeebefehl des Kaisers und Königs.

Der Trauer, welche sein Herz, welche das Herz des gesammten Heeres erfüllt, geben einen erschütternden Ausdruck die Worte des Armeebefehls, welcher am Tage der Leichenfeier bekanntgegeben worden ist. Diese Worte werden ergreifen und rühren in ihrer edlen Einfachheit.

„Unsere Fahnen senken sich," so spricht der Kaiser und König, „der letzte Gruss der Geschütze erdröhnt für den Generalinspector des Heeres, Feldmarschall Erzherzog Albrecht. In schmerzerfüllter Trauer beugen sich die gesammte Wehrkraft und das Vaterland mit Mir und Meinem Hause vor dem unersetzlichen Verluste, welchen der Wille des Allmächtigen Uns beschieden hat.

Die Bewunderung eines mit erleuchtetem Geiste und warmfühlendem Herzen ganz und voll dem Heere geweihten inhaltreichen Lebens, die Begeisterung für den edlen Prinzen, der, getreu sich selbst in Stürmen und Gefahren niemals wankte, der — ein siegreicher Feldherr — die Zierde und der Stolz Meines Heeres war, und alle Gefühle, welche jetzt nach Ausdruck ringen, sie verklären sich in tiefempfundener Dankbarkeit für den Herrn der Heerscharen, welcher den greisen Feldmarschall als einen seiner Auserlesensten bis nahe der Grenze irdischen Daseins in aller Thatkraft erhalten hatte.

Erzherzogs Albrecht unvergängliches Andenken bleibt, wie der Lorbeerkranz, welcher den Helden von Novara und Custoza schmückt, Meinem Heere, Meinen beiden Landwehren und Meiner Kriegsmarine ein Palladium der Treue, Standhaftigkeit und Siegeszuversicht.

Ich bestimme: das Infanterie-Regiment Nr. 44, das Dragoner-Regiment Nr. 9 und Corps-Artillerie-Regiment Nr. 5 haben fortan und auf immerwährende Zeiten den Namen Feldmarschall Erzherzog Albrecht zu führen."